面朝大海

李绵星 著

天津出版传媒集团
百花文艺出版社

图书在版编目(CIP)数据

面朝大海 / 李绵星著. -- 天津 : 百花文艺出版社,
2015.1
ISBN 978-7-5306-6478-0

Ⅰ. ①面… Ⅱ. ①李… Ⅲ. ①长篇小说-中国-当代
Ⅳ. ①I247.5

中国版本图书馆 CIP 数据核字(2014)第 214321 号

选题策划:高　为　　**装帧设计**:张振洪
责任编辑:高　为　　**责任校对**:魏红玲

出版人: 李勃洋
出版发行: 百花文艺出版社
地址: 天津市和平区西康路 35 号　　**邮编**: 300051
电话传真: +86-22-23332651(发行部)
+86-22-23332656(总编室)
+86-22-23332478(邮购部)
主页: http://www.bhpubl.com.cn
印刷: 大厂回族自治县彩虹印刷有限公司
开本: 880 × 1230 毫米　1/32
字数: 148 千字
印张: 6.25
版次: 2015 年1 月第1 版
印次: 2015 年1 月第1 次印刷
定价: 19.00 元

目录

面　朝　大　海

一、逃离

去山东乳山，纯属偶然。

那个夏天，北京酷暑难耐，我改完三十集电视连续剧最后一个场景，写完最后一个字，上网点击发给制片人孙坚，打电话告诉了他，电话里我的声音听起来也差点声嘶力竭了，这次无论如何爱谁谁，谁也别想让我再改一个字，你们要是还不满意，爱找谁找谁去吧，本人反正是不伺候了。

放下电话，我发觉自己的体内已经如天烤地蒸的北京了，说来奇怪，还没入伏，这天就闷热得让人透不过气来，半个多月了，老天爷消极怠工，三天两头地玩躲猫猫，不露脸儿就不露脸儿吧，还日夜让人类感受着它的存在，它制造的那种热，黏而闷，活生生地把北京变成了一口焖锅，如果说人间有炼狱的话，我想也不过如此。

那时，我还和大多数京城百姓一样，不知道PM2.5是什么东西，官方还没有把这个指标列入空气质量预报，而我的身体却提早感知了PM2.5的超标，它让我季节性过敏的鼻炎频繁发作，久治难愈。

焦躁、狂躁，不知道躲到哪里，用什么方法才能让本该轻松下来的心情彻底放松。

整整半年，我纠缠在这三十集的电视剧剧本里，分集大纲快做完的时候，孙坚不知道从哪儿又淘换来两个投资人，一个油头粉面，一个浑身上下散发着暴发户的铜臭气，他们每人挽着一个比自己女儿大不了几岁的戏校女生，让我为她们量身定做剧中的角色。我不得不又重新架构剧本。制片和导演不管谁的鸟主意，只要他们的鸟嘴一动，我就要将已经写好的有时候认为是自己写得最精彩最得意的部分，通通改换成按照他们所谓的画面、视觉效果和剧情需要的垃圾镜头。

我知道我比那两个戏校女生强不了多少，她们的身体被大款包养，我的思维被孙坚包养。

我不知道那两个女生的感觉，我只知道自己的感觉，就像被强暴，如果只是一天两天也就罢了，关键是那个过程太长，从策划、梗概到分集大纲直至蹂躏到剧本完成，有时候，真他妈到了被逼疯的地步。

我甚至怀疑自己是不是老了，是不是该退出编剧这个行当了，尽管所有的制片人找到我时，都冠以年轻有为、风华正茂。我肖狗，正值壮年，在外人看来这是一个男人让人羡慕的年龄。

好莱坞著名编剧麦基又来中国开讲怎么编写剧本了，他的《故事》我不知道读了多少遍，可是每当我将书里那些技巧运用在我的剧本里时，总会遭到导演和制片人的否定，好像他们不这么做就不能显示他们总比我高明那么一点点儿一样，倘若我是这次活动的举办者，我宁愿让麦基授业给财大气粗、趾高气扬的制片人，给他们洗洗脑，也比浪费在编剧身上强，他不知道，当下的中国，艺术只是资本和权贵的小妾。

家里一刻也待不下去，空调制造出来的凉爽让我的汗毛孔如烈日下的喇叭花闭合着不肯张开。开车奔驰在大街上，发觉无非是从一个大的空调盒子换到了一个小的空调盒子里而已，而且根本不能打开车窗，热风扑面而来的感觉比我经历的任何一个女人的拥抱都要炽热，高楼林立的玻璃墙和水泥森林让炎热更加张狂，这个时时刻刻充斥着汽车尾气、弥漫着无数人怨气的北京，七月只能龟缩在空调制造出来的凉爽里。

我不知道自己是否得了狂躁症，我甚至想象冲上国贸的楼顶喊几嗓子，将我一腔的焦躁用最能发泄的词语喊出来。可是我知道，无论我站多高，即使坐在飞机上，也不可能有人听见我的喊声，而且，我这辈子也不可能有那种勇气，生活里，我是一只夹着尾巴的哈巴狗，尽管我肖狗，与藏獒同宗，可生活这位主人早已用皮鞭将我驯化得既无猎犬的勇猛也无家犬的忠诚了，我尾随在权贵身边，时刻依主人脸色行事。

不过还是有个人看出了我的焦躁，老婆借庆祝我完稿为名，行完夫妻之间可有可无之事后，问我，怎么感觉你这次写完东西后没有以前那种兴奋劲儿了啊？我懒得和她探讨，随口说干一件事久了和干一个人久了一样，纯是生理需要了，哪儿还有那么多的激情？老婆说，不行，出去散散心吧？去哈尔滨或者大连？那里比北京凉快些。我未置可否，老婆不知道那些地方对于我来说，也早已如同她的身体一样烂熟于心了，她不知道这个时候的我，最厌烦的就是做一个过客，我已经焦躁得无处躲藏了，难道还要让我去体验站在别人地盘上的感觉吗？好在，我压根就没祈望过女人能理解男人，好在我已经对身边这个陪伴了我六年，为我生了个儿子，而且有可能一直陪伴我到老到死的女人了如指掌。

在我一连几天百无聊赖地开着车游荡在北京的大街上，不知道自己该做什么想做什么的时候，甚至贱到想听见那个折磨了我半年让我有时候恨得发誓再不和他打交道的制片人的电话的时候，一则广告击中了我。

那是一则销售海景房的广告，一个女人悠然地坐在家中的沙发上，凭窗眺望着蔚蓝的大海、阳光、沙滩、海鸥，那份怡然那份恬静让我狂躁的心瞬间平静了下来。

其实海景房的销售广告在北京随处可见，有时开车等红灯的时候也会有年轻人不失时机地从车窗的缝隙里塞进一张花花绿绿的单子，那些冒着生命危险在车流里穿行的小伙子不知道，我对他们塞进我车窗的宣传单从来都没有正眼看过，我急匆匆赶路的时候往往是有比海景房更有诱惑力的事情在等着我。

可是现在，我不得不承认，有种命运叫鬼使神差。比如车祸发生的瞬间，双方当事人总会不差分毫地经过某个地点，谁早或者谁晚一秒，灾难都不会发生，北京人管这叫“寸”，我管它叫“倒霉催的”，如同这则海景房广告此刻出现在我的视野里，和我焦躁的心相撞一样。

建外SOHO一间不大的写字楼，我问售楼小姐，乳山在哪里？售楼小姐拿过一张宣传广告，告诉我说，乳山是青岛和威海中间的一个县级市，那里的海岸线是个长达二十公里的白沙滩，环境、空气非常好，连海水都没有海腥气，是国家四A级风景区，被国际卫生组织评为最适合人类居住的地方。

还有能看见大海的房子吗？我打断小姐已经程式化的介绍问。有啊，售楼小姐显然来了兴致，而我知道接下去会是怎样的一连串的蛊惑和怂恿，一如所有的制片人找到我改编剧本时，吹捧原作般卖力和尽心，我比任何人都清楚，就像世界上没有白吃的午餐一样，他们费尽口舌之后，等待他们的是商业利益，只不过这利益有大小之分而已。

我正顺着自己的问话走进别人设计好的圈套。

世界上的事情就是这么匪夷所思，明知道是圈套还是心甘情愿地往里钻。当我把一沓售楼广告带回家扔在茶几上的时候，老婆的眼球立即被吸引住了，不过这吸引只是一瞬间，当老婆一目十行地看完广告后，一句话就给整个事情定了性：到那么远的地方买房子简直是发疯。

这一次，我没有像以往一样对老婆的意见不屑一顾，我知道做一件事情之前多听听不同的意见有好处，以往当我决定做某件事情时，老婆反对的就是我坚持的，而事实也经常证明，我的决策永远都比老婆的高明那么一点点。

老婆列举发疯的理由有三条：其一，要买海景房海南是最好的选择，那里的海水和环境都要比乳山好。其二，即使乳山的海景房不存在网上说的欺诈因素，到那么远的地方买房也不现实，老婆还差十五年才能从电台退休，根本没时间陪我到那里居住，即使我能到那里写作，饮食起居也没人照顾，买了房子不利用岂不是拿钱打水漂？其三，在海边或者旅游胜地拥有度假别墅是电影里或者国外富豪们的事情，尽管我们目前的经济状况比上不足比下有余，但是我们居住的房子还是简陋的两居室，开的车还是普通的家庭用车，与其买一所没有利用价值的海景房，不如用有限的资金改善我们目前的生活状况。

老婆洞察到了现实中的所有风险，却没有看见涌动在我心底的暗潮。当我还是诗人的时候，我就被同是诗人的海子蛊惑了，我在海边有所房子，面朝大海，春暖花开。那些年我疲于应对生活，无钱实现这个愿望，当海南的房子被炒到天价时，我的这个欲望再一次被点燃，但是很快就像奥运火炬熊熊燃烧了十几天之后又悄无声息地熄灭了，以我和老婆现在的实力，估计奋斗到下辈子也未必买得起十万一平方米的房子，我还是知道自己吃几两干饭的，再说夏天的海南想想就让人生畏，闷热潮湿，与台风共舞，我还没傻到脑残的地步。

一切都等明早决定吧，假如那时候我还有心情的话。

是早晨扑面而来的热气让我下定决心的，将旅行包扔进后备箱，给爱车加满油，然后给在班上的老婆打电话，告诉她，我还是决定去趟乳山，买不买房子权当去散散心。电话那头，老婆不无犹豫地说，如果你坚持去，不如我请假陪你。我故作潇洒地说，算了，我没有权利让你的生活围着我转，我只是想给自己放放风，在我下一次被制片和导演强奸之前，我要让自己的心态恢复正常，否则我非发疯不可，而且你大可放心，一个兜里没几个钱的男人跑不了多远。

听我这么说，老婆不再坚持，我们家的大额存款都掌握在她手里，依照我目前的势头“钱”途无量，又要马儿跑又不给马儿吃草，她比任何人都清楚这样的事划不来，我身心健康的重要性，已经凌驾于我们家所有事情之上。

好吧，既然你想去，路上注意安全，到了赶紧打电话告诉我。老婆还算通情达理，这么多年的磨合，她懂我终归比其他女人多些，因为她知道这世上恐怕只有我能容忍她经常西红柿蒸着吃，苹果丝混着辣椒丝凉拌当菜。我娶她时，已经步入剩女行列的她生活习性早已自成体系，好在我这人一向无拘无束，毫无体系，到目前为止，我俩相处还算与时俱进，那会儿和谐是整个社会的主旋律。

开车驶上三环，驶出北京，驶向第一站天津外环，听任GPS导航系统的指挥，我只需掌控好方向盘就万事大吉了。尽管还是在驾驶室的空调里，可是我发觉心情已经不再是憋闷在家里或者是穿行在北京的水泥森林中那么焦躁了，那绿色的田野和零落的村庄正在梳理着我郁结不开的心绪，我发现烦恼正在如渐行渐远的北京被我抛之脑后。

不知道别人是不是也有我这样的感觉，开车奔驰在路上，车流稀少的时候总会不由得想起一些过往的事情，有人说当人总爱回首往事的时候意味着已经衰老，我不知道是我的身体正在走向衰老还是我的灵魂早已不再当年。

当我还是热血青年的时候，我是个行吟诗人，我曾和初恋的女友凭借着一腔激情，走遍了全国几乎所有和诗歌沾上边的地方。可悲的我们可悲地发现，那些陆续刊登在杂志上的诗歌能给我们带来的物质和精神上的慰藉少而又少，它既不能改变我们的生存状态又不能让我们拥有海子的名望，我们行走到死，吟唱到老等待我们的也是一条羊肠小径。

这已经是个不再需要诗歌不再需要诗人的年代，我们堂·吉诃德式的狂热和激情让我们在朋友圈中无异于疯子，而我们的疯狂又让循规蹈矩，按部就班的他们无不羡慕嫉妒恨。

讽刺的是初恋女友历尽艰辛与我一起拜完西藏的冈仁波齐神山，并将我们的爱情和诗歌刻在玛旁雍措圣湖边的玛尼石上后，回到北京与我在出租屋做爱时忽然顿悟，犹如醍醐灌顶，穿上衣服决绝地离开了我，时隔不久便嫁给了不能给她爱情却能给她房子、车子和票子的地产暴发户。

流星划过夜空可以无痕无迹，初恋划过男人的心就没这么轻盈了。试想哪个男人在将一腔不沾杂质的真情和青春梦想毫无保留地倾倒给视为自己生命之上的女人后，被她毫无怜惜地毁掉，谁还能再重新这样去爱一遍别的女人呢？即便后来的那也叫爱，也大多掺杂了生理和生存的需要，只能算初恋的复制品，绝非原件，也绝非原味。

我已经很久不去回想初恋了，甚至为了避免联想，我连夜晚那些闪烁在北京商业区的五颜六色的灯都不敢正眼去看。

对于我，初恋是一块粘着创可贴的伤疤，我藏着掖着，不是因为珍贵，而是担心一旦揭开，创可贴就失去了药性和黏性。

我怕疼，我娘说我小时候打个针都会像杀猪般号叫。

从那时起，我再也不相信爱情。不相信爱情的我开始向那些我曾不屑一顾的东西低头，低头的结果是三十岁的时候我与人合作完成了第一部电视连续剧剧本，然后，像大多数男人一样娶妻生子，置房买车，将责任的绳索套在颈上，一圈一圈地勒紧。

驶过天津外环，途经河北沧州，与济南擦肩而过。

黄河大桥边，我将车停下，点燃一支烟，慢慢走上大桥。尽管来时已经有了充分的思想准备，知道这一行需要至少八个小时，还是觉得路途遥远了些。

我发现买房的欲望正在逐渐淡漠，也许老婆的意见不一定总是短见。

手机忽然响了，号码显示是制片人孙坚，这家伙憋了不到四天又要和我说什么？

你在哪里呢？赶紧来一趟。人熟不讲理，连句客套话都没有。

我在黄河大桥上呢，让我过去，除非我长出翅膀。

你这家伙这么热的天不在家里好好眯着，跑那么远去干吗？

还不是让你逼的，我正寻思着从哪里跳下去呢。

别，千万别，哥们儿，想什么都别想不开。

行了，别浪费我的电话费了，有话说，有屁放。不想和他贫嘴，不想耽误行程，天黑之前我无论如何要赶到乳山。

还是剧本的事情，电话里孙坚说他和导演讨论过了，结尾部分还得改，不能让女主角死了，那样太灰了，虽然在艺术上有震撼力，但是审查时肯定通不过。我辩解说，如果女主角不死，整个故事就什么都不是了，一个女人爱到绝望就是向死而生的。

孙坚说，你那么写小说可以，写剧本就不行了，你不能让我冒上千万投资打水漂的风险去满足你的艺术追求，哥们儿，咱都是汉子，得知道换位思考吧？你看，就差结尾这么一哆嗦了，你再稍微动动手指，改好了，我破回例，把剩下的三分之一编剧费给你打过去，咱们就算合作成功了，岂不是两全其美？

两全个屁！我心里骂道，从开始签合同将编剧费分三次付清，就注定了谁是爷爷谁是孙子，从我开始做编剧那天开始就没有过两全其美的事，你丫挺的拿我当三岁小孩哄啊。心里这么想嘴上却没这么说。

我说，容我考虑考虑吧。考虑多久？孙坚问，我说一个星期吧。好吧，孙坚说最长不能超过一个星期，我要确保开机前每个演员人手一份完整的剧本，尽早拍完好进入下一个档期，你挥霍时间就等于挥霍我的金钱，哥们儿，你不会跟我的钱有仇吧？

我说，有仇没仇你的钱也不会无缘无故地跑到我的口袋里，放心吧，不会耽误你发财的，一个星期后，你听我的结果。

挂断电话，兴致减了许多，就这种拿艺术当商品生产的人能拍出什么好电视剧？别说观众不愿意看，就是我这种搞影视创作的一年下来能完整地看一部国产电视剧就不错了，我比任何人都明白，如今的电视剧不整成狗血剧基本没希望播出，可诗人的思维定式注定我写剧本时不想按套路出牌，结果往往导致返工，甚至推倒重来。有时看见自己的剧本被七嘴八舌肢解得面目全非，我真想冲孙坚他们破口大骂，你们他妈的那么高明，怎么不自己写呢？写不出来，就别在我面前喷粪！可每一次，我都忍气吞声，我知道这么做的后果无非是自断生路，影视界缺钱、缺腕儿，就是不缺枪手，为了压低编剧费用，他们把剧本切割成故事梗概，分集大纲和台词三大部分，按照所需招聘不同的枪手，甘愿被制片被导演践踏的各类枪手就像夜晚游荡在三里屯酒吧一条街上的暗娼，招之即来，挥之即去，价格低廉且无需具名。

暗娼命苦，比暗娼更苦的是编剧，她们卖的是皮肉，我们卖的是心血，我常常纠结于此，从未以做编剧为荣。

潍坊—即墨—海阳—乳山，山东境内我像只苍鼠穿行在高速路上。

车子行驶上乳山境内的银金大道时，宽阔的六车道让我豁然开朗，我发觉自己好像是美国西部大片里的独行侠，兴奋地吮吸着在北京永远找不到的空旷和荒凉的味道，像一只离家太久的猎犬，撒着欢儿冲向了自己的老巢。

黄昏时分，我终于将车停在了乳山银滩的旭日广场。

一路的后悔、犹疑，在我的脚踏上海岸线上的瞬间全都烟消云散。遥望着海天一色的远方，深深地吸了一口气，顿觉肺叶如黄昏的喇叭花霍然开放，感觉走进了一个天然氧吧，身心都有了呼吸的欲望，我那过分敏感的鼻子也在那一瞬间恢复了知觉。

凉爽的海风闻不到丝毫的海腥气，沙滩洁白细腻，些许黑的磁样的沙混在其中，售楼小姐曾说过它的磁疗作用独特而神效，远处几艘渔船正在归航，岸上纳凉的老人，沙滩上玩耍的孩子，海水里搏浪畅游的男男女女，都让我感觉由衷的亲切，我第一次深切地领悟到了什么是真正的宜居。

我漫无目的地张望着，许是在城市久了，见惯了人工制造出来的场景，这里的一切都让我惊奇、惊喜。

几个拿着宣传单的年轻人朝我走来，向我推销他们手里的楼盘，他们比京城的售楼员更热情更迫切，好像我不是一个普通的游客，而是他们久未谋面的远亲，好像乳山的海景房不是动辄十万几十万的投资，而是一块来晚了就吃不到口的大蛋糕。

我这人不怕别人冷漠最怕别人过度热情，过度热情总会让我产生怀疑，怀疑热情背后说不定等待我的是个陷阱。我现在最需要的不是这些，我摆脱他们的纠缠，朝自己的爱车走去，尽管我千里迢迢奔它而来，可现在最要紧的是先填饱的我的肚子，怠慢了它我就不可能有一个清醒的大脑。

我快速离开海滩，我发现这里诱惑太多，我的身体已经疲惫不堪了，我不能再把心情搞得疲惫不堪。

给老婆打了电话报了平安，喂饱肚子，夜里歇息在银滩大酒店，才觉得浑身筋骨酸软，我已经很久没有开过这么远的车了，脑袋挨上枕头的瞬间，我意识全无，一觉睡去，竟然连梦都没做。

不做梦的夜晚对于我来说简直就是奢侈，三十多年来屈指可数。我记得母亲说过，在我还在襁褓里，我即使熟睡的时候，我的眼皮也经常是半合状态，黑且亮的眼珠不时地转动，经常让她企图趁我熟睡时干点儿家务的想法因为我的假寐而不时地落空，担心把我放在床上会随时醒来，跌落床下。等我有了儿子后，我发现我儿子这一点像极了我，我妻子常常因为我儿子的假寐疑心重重，认准我儿子体内缺少了什么东西，致使他无法安眠，还在月子里就逼着我四处寻医问药。那时候我母亲早已过世，无法前来验证我的遗传学说，她老人家不知道她长大成人做了爹的儿子面对自己的翻版时是如何的理屈词穷。

接下来发生的一切，我做梦都不会想到，这就是我要给你讲的故事，可能你听了会不以为然，我也曾经试图忘却它，就像忘却我生命里那些做过过客的女演员一样，可是这么久过去了，我发现它还在继续，继续影响着一个男人的生活，它总让我在不该思考的时候思索些什么，在不该停下的时候停止行动。

早晨，吃过酒店的早餐，开车沿着海岸线转悠起来。我要先对这里有个初步印象，然后再决定做什么不做什么。

银滩的海岸线全长不过二十公里，从东到西我不时停车观望着，海岸线北岸到处是施工工地，高高矮矮的楼房面对大海拔地而起，风格迥异，南岸正在兴建的公园、绿地刚初见雏形，一派繁忙和热火朝天的氛围里，荒凉和原始被遮掩在其中，显然这是一块正在被开垦的处女地。

转了一圈，手里接了几十张售楼宣传单，我将车停在了旭日广场，我真的需要冷静地思索一下，我是否需要在这个显然是卖方市场的地方买所不知道能否住得着的房子。

早晨好！先生！刚下车就听见一声亲切的问候。

我寻声音而去，一张售楼广告递到了我的眼前，真是怕什么来什么，我其实很想利用早晨这段难得的清静时间，好好考察考察的，没想到售楼员比沙滩上的寄居蟹出来得还早。怕她误导我做出正确的抉择，我扬了扬手里的一沓广告，甚至没有正眼看她，应付她说，谢谢！这些就够我看不完的了。

没关系，先生，拿上它吧，您站累了想坐下时可以垫上它，海边早晨阴湿，小心受凉。

我站住了，这句话，它不符合我的逻辑，也不应该从一个售楼员的嘴里说出。眼前的女人三十几岁的样子，高高盘起的头发让她的额头光洁而突出，如果将她的脸看作一个平面的话，这个平面在下巴颌处微微有些前翘，让她的脸看起来有那么一种说不出的味道，她的眼神像她手里的售楼单一样固执而坚决，似乎她关注的不是我的钱包而是我的健康。

我一时语塞，接过她递过的广告单，甚至忘记说声谢谢。女人嘴角微微有些上翘，一湾笑意浮现在脸上，好像不是我接受了她的善意，而是感激我为她做了什么，而使她心安平静。

女人转身离去，项背颀长，步履轻盈，没有我想象中的饶舌。

等一下。我脱口而出。

女人回转身来。那一刻我不知道我要做什么，但是我清楚地知道我想做点什么。美景触目可及，美女触手可及，但凡是个正常的男人都会心有所动。

你看，这么美的日出，我不想一个人独享这美景，我很想听听你的建议，没准你会帮我做个决定呢。

话一出口，我就发现我与她的角色已经错位，姜太公钓鱼——愿者上钩，而我，人家还没扔鱼饵，自己已经蹦到岸上来了，我知道我的老毛病又犯了，有时候犯贱不只是小女人的专利。

女人看我的目光有些诧异，不过很快这诧异便消失了，她的眼神隐含着一丝忧郁，不仔细捕捉很难觉察出。

好吧，我可以陪您散会儿步，我也很喜欢早晨的大海。

女人答应了，停住等我追上她的脚步。

我与她漫步在海边的沙滩上，这是海边一天中最舒适曼妙的时刻，海风微凉，太阳也是一天里最具亲和力的状态，漫步在沙滩上看海浪一波一波地涌来，近前是拾海的游客，远处是赶海的渔船，身边是一个陌生的说不上曼妙却也独具风韵风情的女人，我这个平日里依靠文字谋生的编剧一时竟找不到合适的语句开头，我觉得这个时刻似乎说什么都和眼前的美景不搭调，这个时刻只配出现在画家的画布上。

您来乳山是买房子还是旅游？女人的语调似话外音。

你感觉呢？我饶有兴趣地反问她。

感觉两者兼有之，又感觉似是而非。

怎么会是这样的感觉？

您没有买房者的兴奋也没有旅游者的淡定。女人眼望着别处。

这个还不说明什么吗？我扬了扬手里的海报。

什么也不说明，如果您真心要买房子的话，您此刻该是和这些居住在这里的人咨询而不是抱着一大堆您丝毫不了解背景的海报在海边闲逛，这不是一个买房者该做的，如果您只是个游客的话那么这些海报不该出现在您的手上。

哦？我很惊讶，一个售楼女人如此精准的分析观察，似乎比我更该去做编剧。

你说得对，此刻的我似乎介于二者之间，我的心很想拥有所海边的房子，而我的理智告诉我如果拥有所海边的房子只能是形式上的拥有，那么还不如做个游客潇洒。

您做什么职业？女人问。

我，我迟疑了一下，我不想告诉一个陌生的女人我的职业，因为在我的潜意识里，编剧永远不像教师、公务员、公司职员那样的正当职业容易说出口，和圈里人我宁愿用王朔的话介绍自己，码字的，和圈外人尤其是初次见面的女人，我真不知道该怎样定位自己，在我的内心深处，我比任何人都非常清楚，我这种在制片和导演意图下谋生的所谓编剧算什么呢?迄今为止没有一部影视作品从头到尾贯穿了我的创作思想，那些烂得连我自己都懒得看的东西，我真的羞于承认我是它们的剧作者，从我干上编剧的那天，我从没有为自己的职业而自豪。在我看来，农民侍弄土地维持温饱，我则是摆弄文字赚取衣食住行。

谢天谢地，就在我艰难地措辞的瞬间，女人的电话响了，很快，我就发现我庆幸得早了，女人接完电话，歉意地说，真对不起，不能陪你了，我的一个客户要办首付，我要回公司。

我有些悻悻地，好吧，不耽误你发财，谢谢你陪我。

女人莞尔一笑，再见！祝你玩得开心！

女人离开了，平心而论，女人的背影比女人的脸子更有味道，而我已经过了仅看背影就对人怦然心动的年龄，我低头看着自己和女人被海浪淹没的两行脚印，忽然觉得和女人的邂逅如同这脚印很快就会在记忆的河床上消失殆尽。

太阳升起来了，海风轻柔，海面波光粼粼，海浪似乎重复着女人刚才的问话，你什么职业？你什么职业？一遍遍撞击着我的心扉，我是得好好想想这个问题了，如何体面地向别人介绍自己的职业。

算起来我充其量是个二流编剧。

在中国，二流编剧意味着你是下三烂，是在制片人手下讨生活的人，不过是一部电视剧中最廉价的脑力劳动者而已。廉价是说你的收入是普通演员的十分之一，人家动动手脚动动嘴皮演个三五集就超过你绞尽脑汁费尽心机伏案半年多的所得，更别说和那些一集动辄百十万的大腕们比了。劳动者是说你的地位等同于剧务，制片和导演谁都可以对你的剧本指手画脚。虽说没有你就没有一剧之本，可这一剧之本是制片和导演意志下的一剧之本，而不是你尽情创作和发挥而就的剧本，制片和导演可以任意否定也可以随意让你改动你辛辛苦苦写好的场景，按照所谓的市场需求更改你认为艺术的人性的东西，一稿两稿是常事，六稿七稿的时候也不是没有，偶尔可能还会白忙活，人家把你剧本里的精华抽走，三改两改，到头来扔给你笔小钱，像打发要饭似的把你打发了也不是没有可能。有一次，我老婆教我儿子画画，我老婆为了显示她的高明，拿起橡皮将我儿子画的东西三下五除二地擦掉了，看着我老婆吹着满纸的橡皮屑，我忽然觉得制片其实就是那块该死的橡皮，他要想废掉我，只需抹那么两下，我就会变成一堆橡皮屑，在剧组里一丝痕迹也不会留下。

做二流编剧的大凡都是这样的一些人，年轻的时候做过诗人，凭借着不知道天高地厚，凭借着一腔热血和异于常人的神经质，满以为生活可以就这么空气加诗歌地进行到底了，殊不知到头来一路行吟的结果是两袖清风，一无斩获。随着年岁的增长，向生活低头的时候才发现自己一无所长，既没有卖苦力的好身板，也没有文学大师的宗教精神，我们既做不了脚踏实地活着的人，又难做成有朝一日苦尽甘来飞黄腾达的人，而适合我们这类人最省事最容易混出个名堂的就是名义上叫编剧，实际上等同于枪手的营生了。

因为没有别的本事，因为要养活老婆孩子，因为还得活下去，明知道这是个不是人干的营生也只能在这条道上混。一来混个衣食住行，二来没准哪天混到自己有话语权了，像邹静之、高满堂他们那些一流编剧一样，请爷出山得听爷的。

他们的境遇与我这样的小字辈有着天壤之别，算起来，全国也就几块这样的“宝”，毕竟在这条道上混久了，混成了龙混出了名堂，能够在该坚持的时候坚持自己，我目前远做不到这点，只能是磨房的磨听驴的。

当然，做驴有做驴的苦恼，做磨有做磨的快乐。进得这个门来，虽然在制片和导演眼里，我连同我的剧本不过是他们打着艺术文化的旗帜赚取最大商业利益的工具，如同一卷胶片。可是在那些想入道的年轻漂亮的女演员或者和我当初一样有着文学细胞而又做不成文学大师的追星族面前，我身上也涂抹着一道令他们痴迷的光环，他们尊称我为老师，有时那些刚入道的女演员为了让我在剧本里给她们多写几个场景，多整几句台词，让她们多露几次小脸儿，还会背着包养她们的老板对我投怀送抱，经常让我被人奴役的精神和肉体得到适时的滋养和慰藉。

男人欲望的闸门一旦泄洪，从圈养的人类走向放养的兽类只一步之遥。我们已经不满足于一对一的偷欢，周末或者拍片闲暇之余，我们经常会三五结伙或去度假村租个四合小院或去某个哥们儿的别墅，和家里人交代去谈剧本，实则是行男女群居鬼混之事，那些苟合的场景我经常强迫自己不在那个场景之外想起，想起的结果是让我感觉自己已经不再隶属于人类。

急于上位的女演员们总能让我情欲勃发，但又无一让我怦然心动，即使在她们身上，即使我已经忘乎所以的那一刻，我的意志仍能保持空前的清醒，我们的身体即便进入得再深，再持久，都不过是在各取所需，抵达心灵的通道从未被开启。在我眼里她们无一不是近代的瓷器，徒有其表，毫无质地。

这么做并没有妨碍到我的家庭，自从初恋之后，爱情、性和婚姻我已经将它们各归其位，在我这里，它们历来井水不犯河水。

这也是我之所以在编剧这个不是人干的营生里继续委曲求全下去的原因之一，我比任何人都清楚只有在这个行当里我还算个卯，离了这个行当我算个屌？

老婆的电话适时地打来，她在电话里问我乳山的印象，我说还不错,她又问我怎么决定的?我说还没有决定,她说没决定就别买了,要是觉得那里舒适就多玩几天,以后想去,她和孩子每年都可以陪我一起过来,我答应着,可是她后面的话却让我在一瞬间起了逆反心理,她说,我这么说是为你着想,你的性格决定你对任何事物都是三分钟热度,我敢打赌,在乳山一个星期你就会待腻了,结婚这么久我还不知道你?

我嗯啊地应付着,不想和老婆废话,可是我的脚步却在挂断电话的瞬间朝岸上走去,那个女人说得对,如果我想买房,是该向当地人咨询,而不是捧着海报纸上谈兵。

我不能解释我的心理,为什么我总是与老婆的想法背道而驰?她是我经历过诸多巫山云雨之后为自己选定的,可能会陪伴自己一生慢慢变老的女人。

我是见异思迁的人吗?还是见异思迁压根就是我的本性?我在心里叩问自己。

二、艳遇不期而至

我是在扑进大海的一瞬间下定决心的。

尽管一个上午我都在岸上和那些显然是居住在这里的人们攀谈，想从他们的口中探听出在这里买房的利弊，好从他们的得失中避免自己重蹈覆辙，尽管那些老人无一不是夸耀这里的环境和空气是最好的养生养老的地方，尽管那些中年人无一不在夸耀完这些后憧憬海景房那诱人的升值空间，尽管那些显然是来自污染严重的农村或者煤灰缭绕的山西人不无感慨地告诉我，他们来这里买房是为买空气来，让我怦然心动，但是都没能让我下定决心，我不停地在心里问自己，我为什么而来？

吃过午饭，稍作休息，下午我又驱车来到了海边，当我换好了泳衣，一步步走过沙滩，走进比女人的怀抱还要温柔舒适的大海的时候，当我的身体漂浮在起伏的海浪中，感受着那份无以言说的包容和惬意，感受着那在城市的游泳池里永远也感觉不到的放心和宽阔的时候，我忽然明白，在那些为养老，为升值，为环境和空气买房的众多人里，我为大海而来。

在这之前，我之所以犹疑，之所以下不定决心，都只因为我一直在岸上。

我漂浮在海面上，凭借着自己还算高超的游泳技巧，朝海的深处游去。我觉得自己需要独处，需要大海彻底清洗我污浊的身体，如果心灵也能一同清洗的话，我宁愿把我不愿在尘世展示的心毫无保留地向大海展开，我知道不管肮脏也好，丑陋也好，大海都不会嫌弃，势必会荡涤去所有的污垢，还一个干净清爽的心给我。

大海里的我，那一刻有了种重回母亲子宫的安然，这份安然绝不可能在北京的游泳池里找到，无论那个池子多大，水多清澈，你都不可能感受到这份心安。

我知道我为什么如此喜欢大海了，这不是普通人的喜欢，也不是诗人海子的迷恋，我在尘世的染缸里浸泡太久，我需要清洗，彻底地清洗。

我是彻底的无神论者，而此刻，大海是我的牧师。

我在海里漂浮了两个多小时，那份下定决心之后的心安让我放松，温柔洁净的海水让我放松，对未来的畅想让我放松，一直到落日的余晖将海面镀上一层金色，我才如条鳗鱼游向岸边。

我湿淋淋地走上岸，正欲走向自己停车的方向时，一个女人的侧影吸引了我的注意，她迎海而立，双手抱在胸前，一袭白纱裙裹挟着她略显纤瘦的身躯，海风吹拂起她的长发，浪花追逐着她漂亮的脚踝，我从没有看见过如此性感的脚踝，那是一双勾人心魄的脚踝，纤美苍白，柔弱骨感，有那么一刻，我下腹部一阵发热，说实话，在海边你无需欣赏女人的身体和脸，你只需观察她们的脚，看海浪和海沙一遍遍抚摸一遍遍亲吻她们纤美、白皙而又娇小的双脚，就足以让你心乱如麻，坐立不安了，生活里你深藏不露的男人的奴性此刻会被激发出来，恨不得替代海浪和海沙，匍匐在女人脚下，甘愿为奴。

哈，莫非我编造了那么多的剧情还嫌不够，还要亲历而为做回剧中人？我暗自嘲笑自己。

这时候女人扭脸拂了下被海风吹乱的头发，我险些叫出声，我认识这个女人,早晨我们曾经不期而遇过,那时的她平庸无奇,现在的她却高雅迷人,风情万种,是什么让一个女人同时兼具了这种双重质地?我好奇地走向她。

走近她我发现她不是双手叠在胸前,而是抱着一个精巧的碎花布包裹着的长方形盒子。她显然没有发觉我,当我绕过她的视线走到她的身边,当我与她并肩而站,开口问她,这么专注,在看什么?

她因抱着盒子而端起的双肩微微抖动了一下,侧过身来像受惊的小兔子一样惊诧地注视着我,那一刻,我忽然觉得自己有些唐突,只穿一条泳裤的我将一个不好运动整日坐着工作的中年男人的体型暴露无遗,庆幸的是,刚刚让我心力交瘁的三十集电视剧本的写作,让我消瘦了许多,看上去不那么臃肿丑陋,我应该穿好衣服再和她打招呼的。

一直在游泳?感觉她的声音从很远的地方传来。

是的,猜猜大海给了我什么?我很想和人分享我的快乐,即使是一面之交的她。

给了你一个决定,你已经下定决心了。她平静地说。

这回该轮到我惊诧了,我不知道她怎么能透视到我的内心,我耸起眉峰盯视着她像看一个幽灵。

这没有什么,如果你做售楼员久了,你也会一眼就能看出谁将是你的客户,你目前的神情和那些刚下定决心想买房的人们一样,激动、兴奋,刚说服完自己还想说服别人赞同自己。

这么说,我这样的人你见识得多了?我咽下想说的话。

是的,但是直觉告诉我,你不会成为我的客户。

话不要说得那么绝对吧?我信奉的一句名言是,一切皆有可能。你的直觉没有告诉你,我此刻想做什么吗?我问。

她摇头。

我想请你吃晚饭,可以吗?不管我们以后是否做得成主顾,你是我来乳山第一个认识的人,我想请你吃顿饭,听听你的意见,毕竟你比我更了解这里,肯赏光吗?

她迟疑了下,好吧,我带你去吃渔民刚打上来的海鲜,不过,你要先把我送回家,我要把他放回家。她的下巴点了下抱在胸前的盒子。

什么宝贝?放在我车上不行吗?

不行!语气不容置疑。

好吧。那我来替你拿吧?

不!表情无通融余地。

我不知道自己是不是正在犯一个错误?和一个戒备心理很强的女人一起用餐,食物会不会从脊椎骨下去?刚建立起来的好感开始退潮。自从初恋离我而去后,对待女人,当然除了现任老婆我还保持着那么一点点认真外,其他女人我一律报以玩儿的态度和状态,生活本来已经压得我看不见天日了,再去招惹一个让人透不过来气的玩伴无异于找死。

那你稍等片刻,我去冲个澡换身衣服。我指了指远处供游泳者更衣的简易棚子,我需要洗澡我更需要拖延时间冷静和思考,也许,女人在我的拖延里会失去耐心而走掉,那么我们都可以免去一顿不愉快的晚餐。

那里洗不干净。如果你不介意的话,我家离这儿很近,你可以从容地洗个澡。

恐怕不方便吧?

随便你。她不再解释。

我迟疑了,揣摩不透眼前这个女人,她的拒绝和邀请让我无所适从,我看着她,忽然想,光脚的还怕穿鞋的不成?女人家都不怕,你一个大男人顾忌个啥?

那好吧,恭敬不如从命,请带路。

女人坐进车子，盒子依然紧紧抱在胸前。果然，女人的家离海边很近，那是一片银滩最早开发的小区，一律的四层小楼，小区内塔松绿如水洗，配上红瓦铺顶的楼宇和远处烟波浩渺的大海像童话中的幸福花园。

女人的家住在顶层，女人进得屋来，将盒子端端地放在客厅的柜子上，我抱着衣服紧随其后，女人走进卫生间，我趁机四下打量起来，女人的家是那种一通到底的独居，客厅和卧室相连，中间一片竹子编制的帘子隔开了两个区域，卫生间和厨房在客厅的尾端，麻雀虽小，五脏俱全，可看上去怎么都不像一个家而是单身宿舍的感觉，没有男人的气息和生活的痕迹，但是，女人刚放上盒子的柜子上摆着的一幅婚纱照和一个男人的单身照又无不暗示这是个有夫有妇之家。

我胡思乱想的时候，女人走出卫生间对我说，水已经调好了，你去洗吧。

我答应着，走进卫生间。女人很细心，洗浴用品逐一摆好，浴巾清洁而干燥，温暖的水流过我被海水浸泡过久的身体上，舒服而惬意，我将浴液涂满身体，脑子一刻也停不下来，这是个怎样的女人？为什么越走近反而越看不清她？

走出浴室的我一身清爽，不得不承认女人说得对，海边简易的更衣处只能草草地冲洗一下，不可能带给我如此从内到外的爽洁。换上我的白色运动装神清气爽。我喜欢白色的衣服，为此老婆曾不止一次地抗议过，我的白运动装、白休闲装、白袜子经常让她洗衣服时头疼，那些不知道怎么沾上的污渍让她费时费力，一到周末，我们家的浴室就充满了漂白液的味道。

女人端杯水走过来递给我，没有说话，可我分明觉得女人的眼睛有个亮东西悄然划过。我接过杯一饮而尽，此刻我确实需要一杯水。

与女人相跟着走下楼梯，坐进车里，俨然一对情侣。女人引领着我来到潮汐湖边一处不大的餐馆，指着一排显然是刚返航的渔民新打捞来的海鲜对我说，你喜欢吃什么就点什么，这儿的海鲜是最新鲜的，价格也是最实惠的。

在北京，我也在酒店里看见过鲜活的海鲜，但是从没有看见过如此生猛的海鲜，这些刚从大海里被俘获的鱼、虾、蛤、蟹正处在本能的挣扎之中，极具攻击性，不像内地酒店在鱼缸鱼池里放久了的海鲜，已经随遇而安。

如果不是中途的两个电话，我想我与女人共进的该是一顿最完美的晚餐。鲜美的海味端上桌，我端起酒杯由衷地感谢女人，来，真心地谢谢你，让我有这口福！尽管到目前而止，我还不知道你的名字。

女人也端起酒杯，轻轻地和我撞了下，我第一次发觉她笑起来是那么的明媚，该说谢谢的是我，你说过你请客的。

没想到女人竟然这么幽默，我开怀大笑，你不怕我像广告里说的那种骗吃骗喝的人一样，等吃到一半的时候，出去打个电话，然后来个脚底抹油开溜，反正店家认识你不认识我。我说着吃着，游了半天泳，胃里早已空空如也，饥饿和馋让我恨不得长出四只手来，海鲜好吃，可吃起来麻烦，斯文的人吃不了海鲜。

女人笑着说，饿犬扑食时从来都是心无旁骛的，你现在哪儿还动得了那么多心思？

你笑我吃相不雅？

不，我欣赏食欲旺盛的男人，吃都不成的男人还能干什么？

你干吗不说饿虎扑食？我记得俗语里是虎不是犬，莫非你前世与狗有仇？

不行吗？我长这么大，只见过犬，没见过虎，我只说我看见了的，眼见为实！莫非你前世与狗同宗？

答对了！本人今生有幸被狗族推举为在人类的代言人，在我面前不要贬损狗，否则——

我的话没说完，一只流浪狗窜过来，抢走了我刚剥好的一只肥硕的皮皮虾。我有些反应不及，错愕地停在那里。没想到这个地方不但给人以充分的自由，还给了狗这样的特权，居然敢在我嘴里夺食！

女人被逗笑了，将自己剥好的虾递到我盘中。

我毫不客气地拿起放进嘴里，端起酒杯，知我者你也！本代言人不跟同族一般见识！来！干杯！

酒杯刚端起，手机就响了，谁这么没眼力见，我看着满手的腥气不打算接，手机固执地响，女人走到我身边，从我的口袋里掏出手机打开放到了我的耳边，老婆在那边质问，怎么这么久才接电话？我说，吃海鲜占着手呢。老婆说，和谁一起吃呢？我看了眼女人，和自己吃呢，要不，你也过来吃？老婆说，我没你那口福，刚才制片把电话打家里了，你怎么和他说的？好像试探你是否真的去了山东。我说，别管他，他再找我让他直接打我手机。老婆说，我告诉他了，他让我劝你赶紧把结尾写了，怎么回事？你不是早写完了吗？我说，我知道了，我的事你不用管。没别的事别浪费我的话费了。老婆说，儿子还想和你说两句呢，我刚过姥姥这边了。老婆说的姥姥是指我儿子叫的，儿子从小由岳母岳父带大，只有周末才回来和我们在一起。我看了女人一眼，我真的不好意思让女人为我拿这么久的电话，女人用眼神鼓励我和儿子说下去。儿子在那边说，爸爸，你要在那里买房子，我是不是就不能天天看见你了？那我想你该怎么办啊？儿子的话显然是老婆的意思，看来老婆今天去岳母家是别有心计的，我知道这个话题和儿子说不清，我说，儿子，乖，爸爸过几天回去给你带个大海螺好不好？儿子说，好！要最大个的！我说，好吧，听姥姥的话，爸爸吃完饭过会儿再给你打。小孩子毕竟好糊弄，儿子挂了电话。

女人笑了笑，把手机放在桌角。看来，你爱人不同意你在这里买房？因为什么？

你也是女人你应该想得出吧？

你是个不让老婆放心的丈夫吧？

女人总以为把男人拴在视线以内，男人就跑不掉，其实男人的心跑得更远。

如果允许男人在女人的视线以外，男人的心就不会跑得更远吗？

我不想讨论这些问题，我拿过一只螃蟹递给女人，自己也掰开一只，先吃吧，别辜负了这只蟹。

电话又响，女人看了下手机问，接吗？

我看了下号码，是制片的，不接又怕他打给老婆，我将手伸进洗手碗里。

女人已经先我将手机打开贴在了我的耳边，制片在那边重复的同样是老婆的开场白，干吗呢？这么久没接电话？我没好气地说，吃个饭都不让人消停。制片说，气这么粗？坏你好事了吧？恐怕不只美食还有美女吧？说说乳山的美女怎么样？要是既有美景又有美味再有美女，明儿我飞过去找你去！我说，你有正事没有？没有别贫了，倒我胃口。制片说，结尾你考虑得怎么样了？我说正考虑着呢？制片说抓紧啊，我这可是万事俱备，只欠你刮风了。我说，赶明儿也给你来场台风，那会儿，台风刚刚席卷完福建沿海，损失惨重。制片说，哥们儿，盼我点好，玩笑归玩笑啊，抓点紧啊，好了，不耽误你泡妞了，五天后我要看见新的结尾，否则，我就拿剩下的稿费去请个“枪手”，到时你可别怨我不仗义啊。

女人放下电话，坐回原处，我指了下手机说，麻烦你替我关掉，否则，我要骂娘了。

女人关掉电话，优雅地剥起海虾来，女人的动作轻柔熟稔，眨眼的瞬间就剥出了完整的虾仁，完全不像我搞得满手滑腻腻的，有时候还将虾仁剥断，囫囵地放进嘴里，然后再把皮吐出来。

不想说点什么吗？我看她专注的样子，语调里流露出些许暖昧，刚才制片的话她肯定听得真真切切，我想借着制片的旁敲侧击省略些一个男人对一个有好感的陌生女人的进攻步骤。这么多年来，我已经懒得再在女人身上下功夫，对待一面之交的她们，我已经习惯于直奔主题，或者调头而去。在她们面前，不知道从什么时候开始，我已经蜕化成了一只目标明确的猎豹，绝不会把精力浪费在无法成为猎物的女人身上。

女人抬起眼睛看着我说，说话太多会破坏这些海鲜的味道，其实享受美食最应该聚精会神，不是吗？

不知道女人是装没听见还是听见了故意装傻？她的神情坦然得让我有些羞愧。

你说得对，古人早有言在先，吃不言睡不语，来，为吃不言干杯！

老婆、儿子，制片、情色，我决定都将他们抛之脑后，民以食为天，什么也不能破坏我享受美食的权利。

我应该感激女人，其实我知道，那一刻，我们的内心对彼此充满了好奇和疑问，如果就此打开话题，那些言不由衷，那些坦言相告都会破坏这顿鲜美的晚餐，人真该学会专心致志地享受生活中的某一刻，因为这一刻只是这一刻，过去了就不会重新来过。

我们尽兴地吃尽兴地喝，偶尔交谈几句也无非是彼此对美食的感受，可是后来，随着桌上空啤酒瓶的增多，我们的话也多了起来，等我们走出饭馆时，已经是相互搀扶着才能走步。

车子交给饭馆老板代为保管，女人和我搀扶着歪斜地走在海边沙滩上，好在海岸线只有二十公里，好在女人的家离这里不远。

皓月当空。夜晚的沙滩不再像白天一样喧闹，远处几对情侣依偎着享受着夜的海，月的海，偶尔寂静空辽的夜空下也会响起晚归的小伙子们几声尖叫，似乎在释放白天的压抑和疲劳，只有海浪以永恒不变的姿势一次次扑向岸边，咆哮着，似乎要吞没什么或掠夺什么。

凉爽的海风一吹，女人开始呕吐，我没想到女人这么不胜酒力，我理智尚存的大脑指挥着动作失调的四肢将她搀扶着坐在海边，吐过的女人好受了许多，两朵红云挂在那下巴有些前翘的脸上，让人有种想伸手捏一下的冲动。我朝女人靠近了些，我听见她说，我怕，我从不敢看月光下的海。

为什么？不是很美吗？我问。

女人将头埋进我的怀里，她的恳求让我一怔，别问，抱紧我好吗？

我搂紧了她，当我的身体与她的身体接触的瞬间，我感觉依偎在我怀里的不是白天我认识的女人而是一只受惊的小鹿。

我记得有个日本作家曾说过这样的话，大意是，爱情对于男人就像房间里挂的一张画，对于女人则是房间播放的一首歌，你可以在一个房间里挂十张画，却不能在一个房间里同时播放两首歌。

我不知道我是因为爱还是因为欲又挂上了一幅画，当我在海边搂紧女人的那一刻起，我就知道有什么要发生了。那是一种从未有过的感觉，仿佛自己与她不是今生茫茫人海中的偶遇，而是前生离散后的重逢，我们彼此没有经过陌生人之间那些相识相知的尴尬，直接就进入了男人与女人最亲密的状态，这个过程出奇的短暂，令我来不及思前想后。

相遇、晚餐、醉酒、依偎，一切都是那么自然，当我将女人送回家送上楼，当女人打开门，当我与她的目光相接，我发觉那目光里有我等待的邀请，当女人言不由衷的再见和谢谢刚刚出口，我的热吻已经将它们变成了毫无意义的辞藻。

灯光下，女人的身材匀称，皮肤白皙，少有中年女人的赘肉和松弛，尤其是女人光滑秀美的小腿，精致小巧的脚踝别有一番韵味。与女人的第一次，短暂而慌乱，但是，很快，第二次发起冲击的我像个冲浪高手，一次次引领着女人从峰谷涌上浪尖，再从浪尖荡回峰谷，直到精疲力竭，搁浅如两条翻白的鲸鱼。

美食、美色，今夜我享受了男人一生中的两道盛宴。

女人先我去洗浴，我起身点燃一棵烟，走到客厅想缓解下周身的疲倦，婚后，我已经很久不能这样连续作战了，连续作战的结果是我站起身的瞬间感觉小腿肚子一阵发软。

我不得不承认，女人将我玩儿的层次提高到了一个新的境界，这场艳遇不同于我与其他女人之处是，目前看来它毫无功利性，这让我的心态放松了不少。我不知道别人，反正我在女人身上的时候，一想到完事还得善后，我的投入和快感就会大打折扣。

女人摆放盒子的柜子上，有一幅婚照和一幅男人的单人照，婚照上的男人侧身深情地凝望着女人，像许多沉浸在热恋中的男女那样旁若无人，单人照中的男人高高的额头，目光清澄，嘴角有些上斜，让他的笑容看上去充满了魅力，是那种聪明而英俊的男人。尽管他的目光没有敌意，甚至还有那么点亲善，我还是感觉到了不自在，无论我在什么位置都感觉他在盯视着我，我忽然有了种做贼的心虚，我将男人的照片翻转过去。

走出浴室的女人正用浴巾擦拭着湿漉漉的头发，她走过来，重新将男人的照片翻转过来，摆正，我听见了她的低语，那句话让我感觉头皮发紧：

我要他在场。

我感觉自己正在走进一个悬疑密布，不知道开头也不能预测结局的剧情，理智告诉我要赶紧逃离。洗澡的时候，我为自己寻找了不下十个离开的理由，可走出浴室的我仍然不知道如何向女人开口。我穿好衣服，不敢再像刚才一样在男人的相片前赤身裸体。

你要走？女人的声音穿过竹帘。

我耸了下肩，我不知道女人是否能看见我的犹疑。我留下不大好吧？

对谁不大好？你还是我？

你，你们。

如果这里没有你说的“你们”，只有我们呢？你留下还是走？

那，我，留下。话说到这里我已经无从选择，我走向竹帘，走向卧室，走向女人。

我像根木头一样直挺挺地躺在床上，女人伸手摸着我的脸，我拉住女人的手问，你不想说点什么吗？

女人看着我的眼睛，今天你已经很累了，等我想说给你点什么的时候肯定会说给你听，现在睡觉好吗？我明天还要上班。

女人的眼神黯然、疲惫，我觉得没有了继续要求下去的理由，我侧过身搂住女人，那么，明天好吗？我的下巴挨着女人额头的瞬间，头皮忽然松弛下来，不管前面发生了什么以后还会发生什么，女人都没有理由害我，而刚刚进入过女人的我也没有理由心存戒备。

我累了，眼皮很沉，游泳、做爱对于男人哪件都不是轻松事，何况是我这种平日缺乏运动的中年男人，同时长时间的做两件事怎么吃得消？

这一刻，疲倦战胜了我的好奇心，我的大脑一片空白，只有一个念头像流星划过，人都掉井里了，还要脑袋干吗？充其量不过是成年男女间的一场你情我愿的游戏而已。

三、海边的房子

我不知道你有没有这样的感觉？深夜熟睡的时候，突然响起的电话铃或者手机让你惊醒，醒来的你至少有那么几秒钟不知道自己身处何方？不知道那一瞬间的心率为什么让你明显地感觉到异常？老婆的电话是在凌晨的时候打来的，当时的我犹如受了惊吓的鹿，从女人身边一跃而起，一跃而起的我至少愣怔了三秒钟，直到女人将床头的手机递到我手里。

不好意思赤身坐在别的女人床上接听自己老婆的电话，我下床来到黑暗的阳台，电话里老婆说她做了个噩梦，梦见我和一个陌生的女人走在一起，无论她如何呼喊哀求我都没有回头。我说你就为了一个梦在凌晨四点钟吵醒我？不知道我明天还要赶剧本？老婆在那边辩解说，只是一个梦就好了，我担心你不但会痴迷上大海还会痴迷上那里的女人。我说，你怎么了？平时你不是这样的啊？怎么这么神经质？老婆说，我也不知道，你在身边时不觉得什么，你一离开我我就感觉你不是我的了。我不好再说什么，安慰她说，快睡会儿觉吧，别胡思乱想，我一改好结尾就回去。你大概几天回来？老婆问，大概还要四五天吧，你放心，我一改好马上回北京。儿子还乖吧？我问。老婆说，还好，只是一见到我就问你什么时候回来。好了，再睡会儿吧，告诉儿子我几天后就到家了，还有事情吗？没有挂了。我得赶紧结束通话，虽然我早已习惯于对老婆撒谎，但是一提起儿子，我那根善于安于撒谎的神经就会发生短路，让我的语速和语调不再通畅流顺。

回到床上，女人看我的眼神似乎想看穿什么，你们，男人是不是都一样？

都一样什么？我用毛巾被盖好赤裸的身体，说实在的，我可不想刚应付完老婆，再受她的审，这么多年过去，我之所以不在老婆的视线范围内沾惹绯闻，就是为了不想在两个女人的夹缝里求生存，让自己活得像一条夹着尾巴的狗一样累。

在别的女人床上的时候还想着顾及自己老婆的感受。

我没想到女人会这么问，我以为女人会说，你们男人都是天生的撒谎专家，是地地道道的感情骗子，女人那样说我会有许多说辞在等待她，女人这样说，我搞不懂她话外的意思：你这么说是夸我还是损我？

也不是夸也不是损，是想问你，即使男人睡到了别的女人床上，如果没有来自外界的压力，他最终还是要回家的对吗？女人的问话没有丝毫针对我的意思，倒好像是和我探讨一个学术问题。

一般情况是这样的，至少百分之九十八的男人会这样，只有百分之二的男人会乐不思蜀，再造新巢，比如王石。

我纳闷的是一般成功男人离婚时都会对财富很在意，他为什么净身出户？是为了向世人证明他是个负责任的男人吗？女人问。

我以为他的净身出户不说明什么，可能他认为无论以前他的事业多么辉煌，他都活在虚无里，以前他被财富绑架，现在被爱情绑架，总之，王石喜欢极端，觉得活明白了其实还没明白。

你怎么这么肯定？

因为我也是男人。当然，要证明我说的得等到十年以后了，那时他年轻貌美的新欢每天必须面对一具皮松肉懈散发着腐败气味的老男人的躯体时，王石对他今天的做法会有一个清醒的判断，希望那时候他别再走极端。

哦，我明白了，睡吧预言家，我困了。女人莞尔一笑，翻转过身。

这是一个不缠磨人的女人，我不禁对她顿生好感，我贴紧她从后面搂住她，女人轻轻地调整下身体，使我们相互依偎得更加舒适，然后搂住了我搂在她胸前的手臂，我们的睡姿像两个肌肤相亲了很久的男女，很快心定神定，我们同时跌入了黎明前的梦乡，一如从来未被吵醒般香甜。

早晨起来的时候，女人已经弄好了早点，吃过早饭，女人带我去饭馆开车。路上，我试图提起昨夜的话题，女人朝前面的出租车司机努了下嘴，小声说了句，别忘了，乳山很小，不是你的北京哦。

我咽下了要说的话。

饭馆很快到了，女人感谢老板时，我听见老板说了声苑姐你太客气了，还不是你一直在照顾我的生意？

苑？是姓还是名字？女人坐上我的车时，我说，苑姐，你今天可以陪我去转转房子吗？女人听我这么叫，一愣，转而笑着说，也好，你随着老板这么称呼，感觉和你也像个熟人。我怎么称呼你呢？作家？

一准是昨天老婆和制片的电话暴露了我的职业。我说，我不是作家，是个编剧。女人问，编剧在我看来和作家没什么区别。和圈外人无法解释，反正我们注定是萍水相逢，怎么叫随她吧。

作家你真的决定在乳山买房子了？不顾老婆的反对？

我决定了，做事不能总听女人的，女人头发长见识短。

那你不必用我带你去看房了。

该死！我抬手抽了下嘴巴，我的话不是泛指，你例外，你是头发长见识也长，我需要你详细地为我介绍一下楼盘和开发商的信誉。

我还不知道你的需求，你打算买什么样子的楼房？

一间抬眼就能看见大海的房子，不要很大，价格在二三十万的。

好吧，我带你去转几处，你比较一下再做抉择。

女人带我从西到东看了四五处楼盘，有现房也有期房，每到一处，女人除了为我介绍繁杂的户型还会给我介绍开发商以及后续的物业管理，珍珠湾、天海人和、银滩之心、银河海景那些充满诗意让人浮想联翩的楼盘让我眼花缭乱，可惜能看见海的房子几乎都已经名花有主。最后，我在一处叫作"怡天花园"的楼盘停了下来，这是片主体工程已经基本完成的楼盘，正对着银滩中心广场，位置和户型都让我心动，我和女人在现场售楼人员的陪同下，戴上安全帽走进正在施工的楼房，站在还未安装玻璃的弧形飘窗前，望向前方一望无际的大海，感觉胸中的豪情正在如海潮澎湃，想象在这样的环境下自己伏案写作，想象老了的时候心还能像年轻人跃动，还能时刻感觉到血液的奔涌，我对自己说，就是它了。

选好了楼层和户型，女人陪我来到售楼处，刚才带我们参观楼盘的男人拿过一张表递给我，我指着女人说，我是她的客户，我要和她签。我知道售楼员一般拿的都是佣金或提成，女人带我转这么半天，怎么也得做她的客户。

你们不是夫妻？售楼员诧异。

女人把我拉到一边说，忘记告诉你了，我不代理这里的楼盘。

为什么不早说？到底你代理哪处？

不要考虑我，你看中了哪里就买哪里。这又不是买件衣服不想要就可以扔掉，这是置产业，人情面子都不能讲。

那么，你觉得我买这里的房子好吗？

女人点头，我早说过，你不是我的客户，我代理的楼盘价位基本是平民阶层的。如果，你决定买房，目前这里是最好的选择，它的开发商很有实力，以后物业也由他们负责，户型和质量都没问题，位置好，升值潜力也大，而且你看——女人拿出宣传册指点着，我们这里海岸线的形状像不像一只昂首向东的神龟？北面依山，南面临海，不说气候单从风水学上看，这里都是块宝地。当然了，你是作家你可能不迷信。

想不到你还懂这些？拜谁的师父？我好奇。

女人有些腼腆，这个吗，你就别管了，干什么不得吆喝什么吗？你所需要考虑的就是价位问题和付款方式，还有，你最好还是要征得你爱人的同意。

我知道在这方面她比我内行，我是该慎重考虑，四十多万于我不算多也不算少，即使交定金也得老婆同意才能打款。

我拿回了购房协议，决定回旅馆打电话给老婆做详细汇报，女人说要回公司办些事情，我将女人送到她的公司，分手时，我要了女人的电话，直到现在我才知道女人叫苑晴，一个不常见但是未出百家姓的姓。

电话几乎要打爆了，老婆依然不同意，最后老婆妥协说，如果非要买，也得她看了才能决定，她说周末她可以坐飞机过来，让我开车去青岛机场接她。我不想折腾，不想让老婆掺和进来是不愿意和她多费口舌，我决定自己想办法，我骗老婆说，天太热，你就不用跑了，我也等不了你那么长时间，周末我得赶回去，制片还催我改结尾呢，你不愿意我就不买了。

想起制片，我就想起了我那笔没拿到手的三分之一稿费，大活人岂能让尿憋死？我拨通了制片的电话，那家伙见我主动给他打电话兴奋异常，以为我终于妥协了，等我和他说明情况，让他先将余下的稿费付给我，我先交购房的预付款时，没想到这家伙竟跟我讨价还价起来，他说，这不符合行规。我说，我保证按你说的改结尾，直到你满意为止。我知道想得到什么就必须牺牲点什么。他说，我不是不相信你，这样吧，你这几天先给我改个糙儿，我看着有影儿，我就给你打过去怎么样？我说，我这里什么都没有，你让我怎么写？制片说，你没带电脑？我说没带，我出来玩带它干吗？

制片说，那你去网吧租台电脑，我把你写的原稿发给你，你改完后再发给我，你两天还理不出思路？租电脑的费用我给你报销。没想到制片比我活气，这也是个没办法的办法，为了有所海边的房子，我同意了。

整个一下午我都猫在网吧里修改剧本，网吧老板特意为我安排了一台靠边的电脑，以免我被旁边那些玩游戏的人打扰。改掉那些绞尽我脑汁的情节，重新架构那些制片感兴趣的充满铜臭味的剧情，如果不是想着自己如此委曲求全是为了换得一笔预付款，实现自己的心愿，我想我是无论如何也改不下去的。

黄昏的时候我的写作终于告了一个段落，把改好的剧本保存在信箱里，我舒服地伸了个懒腰。安静下来的网吧在提醒我该是吃晚饭的时间了，这才想起午饭只是一碗拉面垫底，委屈了精神再委屈肚子对自己太不人道了，我决定好好犒劳犒劳自己，我给苑晴打电话，在这人生地不熟的地界想要吃好只有找个好向导，不仅如此，因为昨夜，因为今天整个上午的陪我选房，我都应该好好酬谢她。

给苑晴打电话告诉她我想请她吃饭，苑晴说她在海边，我想起我与她邂逅的两个海边的黄昏，我问她还是那个盒子在陪你欣赏大海吗？许久电话里没有回答，我问，怎么了？怎么不说话？几秒钟后我听见电话里的声音有些艰涩，她说，你自己去吃吧，我今天没胃口。电话挂了。

看着无声无息的手机，我忽然意识到了自己的唐突，我肯定是冒犯了她，尽管我与她已经有过肌肤之亲，我也没权利嘲笑一个人的生活习惯。

我开车飞速赶往海边，将车停好，我急匆匆地走向沙滩，今天的大海是涨潮，沙滩已经被海水淹没，海里没有游泳的人，沙滩也没有游玩的人，人们都站在岸上观海休闲。苑晴说她在海边会在哪里呢？我在人群中四下找寻着，在两次遇见她的沙滩附近的岸上找寻着，没有她的踪影。夕阳与旭日广场的红日遥相呼应着，一个即将没入大海一个永远升起在海岸，涌起的海浪撕碎了晚霞的金晖，让平日黄昏里金晖如缎的大海有了另一番风情。

我如一只无头苍蝇在人群里乱转，希望看见那个让我怦然心动过的背影，无奈之中，我拿出了手机，无人接听，我一遍遍不停地按着重播键，希望能打动她接听我的电话，希望她手机的铃声能引导我走向她。

当我沿着旭日广场那巨大的红日顺时针转到西方时，我终于听见了微弱的手机铃声，然后我看见苑晴抱着盒子坐在红日雕塑的台阶上，凝望着渐渐西沉的落日，神情木然，仿佛这个姿势已经坐了许久，坐成了一具塑像，只是这个塑像被身后那个红日衬托得那么渺小，那么无助。

登上台阶，我走向她，坐在她的身边，然后自然地将她搂紧，仿佛她早就是自己的亲人，早该得到亲人般的呵护和怜惜。

我知道这个女人心中一定有个别人看不见的伤口，而我无意中碰疼了它。对不起。我的道歉来自于内心。

苑晴无语，残落的夕阳照耀着她，光线似乎在摄夺着她所有的心神，我的到来对于她似空气和风，丝毫构不成惊扰。直到最后一缕余晖落进大海，她才回转神来，先送我回家好吗？

我点头，开车将她送到楼下。我拿不准她是否会下楼来和我一起去晚餐，也拿不准如此心境的我们这顿晚餐是否会吃得愉快？

从楼上下来的苑晴换了身衣服，神情和刚才仿佛换了个人。你今天想吃什么？口气轻松得似乎什么不愉快都不曾发生。

你带我去哪里我就去哪里，你点什么我吃什么。我的心情也好了起来。

真的吗？都由我做主？

我点头。

苑晴带我来到一家饺子馆，点了鲜虾肉、蟹肉和鲅鱼包的饺子，又点了几样凉拌海菜，要了两扎青岛啤酒，亲自将我和她面前的杯子斟满，然后端起杯笑着说，谢谢你埋单我做东！我端起杯很响地和她碰了杯，谢谢我埋单你肯做东！

刚才——我想解释，苑晴夹起一箸海白菜塞进我的嘴，吃不言，睡不语，我们俩几乎同时说出了这句话，说过之后我们笑得不行，我险些将嘴里的东西喷出来。

食欲异常的好，一个小时后，我们酒足饭饱，开车离开饺子馆。车上，苑晴问我一个下午都在做什么，我和她说了经过。

真的在网吧写了那么久？

还能有假？别人为五斗米折腰，我是为所房子折腰。

都写完了？

没有，至少还要干三到四天。

那你不如去我家写，我有电脑还可以上网。白天我上班，你可以安静地写。

不会给你添麻烦吗？

不会。我只是不明白，你没必要立即付首付啊，不是已经交了定金了吗？交完定金一个星期后再付首付也不迟，何必这么着急？

你不知道，我担心夜长梦多，我得先斩后奏，否则回去老婆闹起来就告吹了。

你平时也这么对付老婆的吗？

不是，一般将在外时，不受君命，将在内时，唯命是从。

哈，你倒坦白，知道我最讨厌哪种男人吗？

不知道。

就是你这种两面派的男人！我不打算帮你了。

不会的，你会助纣为虐的！趁她不注意，我伸手揽过她的头在她脸上亲了一下，车身摇晃了下。

你,你不要命了?! 苑晴惊慌失声。

要,哪能不要命呢?你知道现在最要我命的是什么吗?我在她耳边低语。我发觉欲望正在体内升腾。

讨厌! 苑晴低头绞弄着手指,她明白了我的言外之意。

依然是那间小屋,依然是两个欲火中烧的中年男女,只是今夜,苑晴一改昨日的被动疯狂起来,我们从床上翻滚到地板上,又从地板上翻滚到床上, 在征服对方的同时又似乎渴望被对方征服。我为自己的雄性机能自豪,它并没有随着岁月的流逝而退化,它让我感觉到巨大的生命潜能的同时也感受到了被压抑着的性欲潜能, 平日里它是到达警戒水位的堤坝里看似平静的河水,一旦遇到缺口就会喷涌而出,脱缰而去。

没有什么能阻止我的癫狂, 手机此时也乖巧地沉默无声,但是我依然感觉如芒在背,我对身下的女人说,我去把他的照片翻转过去好吗?

在一个男人的注视下干他的老婆我从容不起来,尽管那目光不具备任何威慑力。

不! 我要他在场! 告诉我,我还漂亮吗?

漂亮而且非常性感。

告诉我,我比别的女人差什么?

你很完美,是我经历过的最有韵味的女人。

那你还等什么? 快点儿,宝贝!

我禁不住她的恳求,再次更深更猛地进入她,进入这个无论我怎样努力都不能进入到底的女人,直到精疲力竭。

洗浴完毕,搂定苑晴,我问,现在和我说说你,说说他吧?

苑晴用手指在我胸前轻轻划弄着,干吗对一个萍水相逢的女人这么感兴趣?

有我们这样萍水相逢的吗?我指着裸体的自己和几近赤裸的

她。

是作家对故事的猎奇还是男人对女人的兴趣?

后者更多一些吧。我不得不承认我想看透她自己也在被她看透。

那我们交换吧,我说段自己的故事,你也讲段自己的经历,行吗?

我没什么好说的,我的生活平淡无奇。

那我也没什么好说的。其实,我们这样相处挺好的,何必刨根问底? 几天后,你还是你的作家,我还是我的售楼员,真的没必要往心里装什么东西。

我想把你装进去,你不想把我装进去吗? 我指指她心脏的部位。

不想,我心里没地方了。

都被其他男人占满了? 告诉我我是第多少个?

苑晴眼睛盯视着我,我知道说错了话,趁她没发作,我赶紧捧住她正在翘起的嘴唇深深地亲吻起来,直到她透不过气来。

我错了,别生气,宝贝! 我答应你,我会告诉你你想知道的一切,直到你听烦了为止,你也告诉我你的一切,以后,我来这里,你在这儿,我就不会觉得陌生觉得举目无亲,觉得西出阳关无故人了。

到底是作家,我说不过你,但是不是现在,等你的剧本写好了再讲,我不想干扰你写作,否则,我就把你驱逐出境。

没有商量的余地?

苑晴摇头。

好吧。听命。

现在睡觉。休息好你明天才有精力写。苑晴翻转过身。

我还想说什么,她嘟囔了一句睡不语,我只好咽下想说的话,从后面将她搂进怀里,当我的身体挨着她的身体,我忽然有种感觉，仿佛我们这个样子已经很久了，我们熟悉彼此的身体，熟悉彼此的需求，仿佛我们不是才认识三天，而是相守了多年。

莫非人与人真的有种缘分？我之所以冲动而来，不仅仅是因为大海，还因为这个女人在这里等我？她与我注定要成为彼此人生之旅中的一个驿站，我们注定会相遇，注定会为彼此停留？

困意席卷我的时候，我听见有个声音在黑暗中问我，哥们儿，你是不是有点儿越界了？游戏也该有规则，这好像不是你的作风呀？

四、神秘的盒子

早晨，苑晴将早点做好摆在餐桌上，指了指安置在后阳台的电脑说，你自己在家写吧，中午我回来做饭。我睡眼惺忪地答应着，长期的写作让我养成了睡懒觉的习惯，好像不睡到九点，脑子就会沉潜于浑噩状态回转不过来。

吃过早点，来到后阳台的电脑桌前，打开电脑，忽然有了种在家的感觉，这感觉同时也让我有种罪恶感，不减轻这罪恶感我写不下去。

给老婆打电话，老婆正在班上，她问我昨晚干什么去了，怎么一个电话都没打？我说在构思结尾，房子反正也不打算买了，没什么事情浪费什么电话费。老婆口气有些发酸地说，我就怕你没浪费电话费浪费别的了。我说，这地方人生地不熟的，能浪费什么？顶多是浪费几个脑细胞。我打算趁这几天心情好把结尾完成了，这儿风景好灵感来得快，写完了我就松心了。老婆说，你没带电脑写什么？还是回来写吧，你写起来没时没晌的，饿了渴了的谁照顾你？

女人就是这样，心里想的和嘴上说的永远不是一回事，我想说其实平时我在家写作，你上你的班也没人照顾过我啊，嘴上不放心我的起居，心里指不定不放心什么呢。心里想嘴上却没敢这么说，我说制片把我的原稿从网上发给我了，旅馆里有电脑，吃饭也不用出旅馆挺方便的，这里的饭菜也不贵，你就不用操心了，改完了我马上回去。老婆没再坚持，只是叮嘱我每天至少给她打个电话，说别稿子没写完把人写丢了。

我答应着关掉手机，心想到底是知夫莫若妻。好在这只是猜测，好在我一直没让这猜测成为耳闻目睹。我一直以为自己这方面做得很好，不管婚后我邂逅多少女人，我从不让老婆察觉到任何蛛丝马迹，不像许多男人还没偷着腥，后院已经火烧连营了。我这么做不能算道德败坏，也不能算欺瞒成性，既然我做不到忠诚于老婆一个女人，我也不应该去伤害她，而不应该伤害她最好的办法不是委屈自己，而是让她眼不见心不烦，所以我从不吃窝边草，也从不和老婆的好友眉来眼去，无论她们的姿色多么出众都不能让我出轨，我管这叫坚壁清野，也视为自己的道德底线。

在我眼里，窝边草从来都不是草，它是LV、阿玛尼和古驰一样的奢侈品，有钱的有权的大佬尽可以享用，屁民草根们染指等于自绝生路。

偶尔，我也会感到内疚，可是内疚过后依然故我。尽管我知道那句老话，要想人不知，除非己莫为，我不知道我能坚持多久，就像我不知道老婆的底线在哪里一样。

中午的时候，苑晴下班回来买了蔬菜和食品，她执意要我接着写下去，自己下厨，而这儿毕竟不是自己的家，我关掉电脑与她一同走进厨房。午饭清淡而可口，说笑之间依然有种在家的感觉，和苑晴说了心里的感触，苑晴深深地看了我一眼，莞尔一笑说别把自己搞得那么累。然后收拾起残羹剩饭走进厨房，她的背影让我迷惑，我不知道久经情场的我何以不如一个女人拎的清？

有一种爱情是不期而遇的爱情，我此刻正遭遇着它，不然我不会这么充满活力。午休的时候，我还想要，苑晴拒绝了我，她说人的精力不能分散，否则下午我会写不下去了。想想也是，即使自己吃得消，她也不一定会吃得消，毕竟她比我大些。

下午写起来格外顺手，原来那些与自己的创作意图相悖的情节逐渐地变得容易接受起来，我想可能有认识了苑晴的原因，还有那种正在化学反应期的情感让我的心不再偏执。和制片通了电话，说了自己正在写作的思路，平日里这个挑剔的家伙竟然在那边一连说了好几个好字，他说这样写比我当初把女人写死的情节更耐人寻味，活下去其实比死更难。

没想到会得到他的认可，我觉得这应该归功于苑晴，我的心原来是一块坚硬的荒地，而今清泉正在从四面八方漫延着浸润着，让我知道人生原来不该只有一种模式，也可以这样松软、释然的，我没有想到在我有生之年还能与一个女人这样轻松地有趣儿地美妙地相处。

中途休息的时候，我从后阳台踱到前阳台去看大海，经过客厅的时候又一次与桌子上相框里的男人的目光相遇，我站住了，我注视着桌子上的东西，我发觉不止是男人的相片让我不自在，他旁边的盒子也让我有种不舒服的感觉。究竟是什么宝贝，让苑晴不能随便放下它，究竟它有什么魔力让苑晴在黄昏的海边总抱着它？是稀世珍宝吗？我想我还算是见过世面的人，以前剧组拍摄宫廷戏时，我探班时没少把玩化妆师盒子里的“宝贝”，尽管都是些足以乱真的赝品，可也没少让我长见识。好奇让我想看个明白，尽管我知道这么做不道德，是在窥探他人的隐私，但是我还是想打开。

盒子是一块碎花布包着的，它的背面有个拉锁，我把盒子调转过来，将拉锁拉开，然后小心地把盒子从碎花布包里褪出，摆正，在盒子调正的瞬间，我像见了鬼一样惊恐地撒开了手，我的脸蜡黄，冷汗顺颈而下，照片上的男人像被镶嵌在盒子的正面，正笑吟吟地看着我。

天！居然是骨灰盒！我怎么也不会想到那个外表看上去精巧的盒子里面竟然装着一个男人的骨灰，而我还怡然地与它同在一室。

这里发生过什么？我惊惧地后退着，死亡？谋杀？我是不是掉进了一个陷阱？那些影视剧中的凶杀场面不断在我的眼前上演着，我觉得在这个屋子里一刻也待不下去了，我夺门而出，它一点儿都不合逻辑！那一刻，我隐约觉得这一次我玩儿大发了。

躺在旅馆的床上，任窗外的天一点一点黑下来，任桌上的手机一遍遍响起，我知道那是苑晴的电话，我不想接也不敢接，我知道她一准是知道我发现了骨灰盒，因为我逃离得匆忙，我甚至没有关掉电脑。

屋子完全黑下来的时候，我听见有人在开门，然后我听见苑晴对服务员在说谢谢，然后床头的灯光亮了，苑晴坐在旁边的沙发上无语地看着我，许久她沙哑着嗓音说，对不起，吓着你了。

昏暗的灯光下，我看见大滴的眼泪从她的眼里流出，我起身将她拉入怀中，她的哭泣让我心疼。我本不想告诉你的，我想让我们在一起的这几天快乐轻松，我在乎你，我真的很在乎你！

我捧住她的脸，一点一点抹去那源源不断流出的泪水，告诉她，你这样我更心疼，我也在乎你，告诉我发生过什么？

他是我前夫，他死在他现在的妻子手下。声音干涩而沙哑。

我惊愕地注视着她，她的神情疲惫而忧伤，仿佛一个刚刚长途跋涉过的旅人，起身为她倒杯水，这才发现她的鞋子沾满了沙子。

你刚才去了哪里？我问。

去海边找你，没有，才来这里。

心有些隐隐作痛，对不起，我不该让你伤心，难受就不要讲了。

一直想找个人说，一直没有可说的人，想告诉你一切，想知道吗？

我点头。你确定想说，我愿意听。我上前搂定她，我们相拥着倚在床头。

那时候，我们还年轻——

屋内灯光幽暗，扑窗的海风抚弄着白色的窗纱，苑晴低沉的述说，让我恍惚觉得她不是在讲自己的故事，而是在为我读着一本早已写就的书，书里的每一处章节都经过精心筛选、剪裁，没有丝毫琐碎和拖沓，这本书她仿佛读过千遍万遍，读了千年万年，早已烂熟于心。

接近黎明的时候，苑晴讲完了我想知道的一切，我知道此刻的她最不需要的是安慰，她需要有人告诉她怎样从过去走出来，怎样走好自己今后的路，然而这些也不是一句两句话能说明白的，看着床外朦胧的夜色，我知道已是黎明了，我将她揽进怀里，对她说，明天，我想和你好好谈，现在休息会儿，天亮还要上班。

苑晴听话地闭上了眼睛。

看着怀里安静下来的苑晴，我知道，这一次我把自己玩儿丢了，不然，为什么那个自以为洒脱、超脱的男人怀抱着老婆之外的女人竟然坐怀不乱？不然，为什么那颗包裹得严严实实的心直到现在还在隐隐作痛？

五、真相未必都能大白

你说，上帝造人时，干吗要取男人的肋骨造女人？而不是取男人的一半心来造女人？那样男人和女人什么事情就能想到一块了，人间就不会有那么多怨偶，不会有那么多悲欢离合了。上帝不是万能的吗？他为什么没有早预见到这些呢？还是他一开始就没打算让人类幸福快乐？

知道我为什么来到这里就再也没有离开吗？我觉得人可以活的地方很多，但是可以安心死的地方却不多，那必是天人合一可以安等来生的地方，而乳山是可以用来死的地方。

…………

深夜，躺在床上，听着怀里的女人这些无需解答也没有答案的话语，看着她那认真得近乎天真的神情，我时常有种幸福的感觉。我不知道这感觉从何而来？是都市的喧闹麻木了我的神经，还是这里的宁静唤醒了我的心神？

我这样问自己。

我还会爱吗？还会爱一个女人如初恋般真纯自然吗？这爱源自于心灵还是源自于欲望？

我不停地问自己。

苑晴担心骨灰盒会影响我的思维，对我说，要不，我把它放到别处？我摇摇头，走上前去，将苑晴前夫的照片和骨灰盒重新摆正，我对苑晴说，怎么说他都比我更有资格待在这里。他在哪里对我并不重要，重要的是你要学会忘记，学会重新开始。

知道真相后，我发觉自己心定了许多，而且写作的思路也越来越清晰，这个时候，我比任何人都更迫切地希望我手下的女主人公不要走上绝路，好好活下去，从致命的创伤中恢复过来。想着我与苑晴的奇遇，我决定让绝望的女主人公再遇到一个优秀的男人，让这个优秀的男人重新燃起她生命的火焰和对真爱的向往。这么写的时候，我的心底其实也在一遍遍地问自己，我能给苑晴什么？

写累的时候，我不再倚在前阳台的栏杆上去吸烟，而是在摆放着男人照片和骨灰盒旁边的藤椅上坐下来点上一棵烟小憩，坐在那里的感觉如同陪伴一个熟悉的老朋友，只是这个老朋友不能言说而已。

这样默默坐着的时候，男人的命运如同一条道路在我面前拓展、延伸，我的思绪沿着这条路上的每一处交叉小径，每一道令人致幻的风景，找寻着诱惑男人误入歧途、泥潭深陷的原因。我发现他所走的路径与我与大多数男人没有什么不同，所不同的是他比我比一些男人更本然更少于心计而已。

他本不该是现在的下场的，其实他有许多机会的，如果他在娶了苑晴之后能一直沿着娶妻—生子—立业这条大多数男人的轨迹直行，那么今天的他该是一个成功的男人模范的丈夫幸福的父亲，再退一步说，如果他每次踏上那些布满诱惑同时也满布荆棘的人生支径时，能够保有警惕知道何时止损及时出局，那么他还可能拥有比照片上更春风得意的笑容。

可惜，他的人生列车一出轨，就已势如破竹，不把别人碾在车轮下也会把自己撞得粉身碎骨。

与相片里男人的目光相视，昨夜苑晴的话响在耳边，那时候我们还年轻……我真的希望此刻男人能说些什么，他们的故事不该只是苑晴说的一个版本，还应该有另一个版本，即使版本一样，女人与男人的叙述绝不会如出一辙。

回想苑晴昨夜的述说，男人一生中应该出现过三个女人，如果不算那些与苑晴相识前的女人的话。男人和苑晴以及他生前的现任的妻子贺岚是大学同学，他们是师范学院的同届毕业生，苑晴与男人是艺术系的，贺岚学的是美术。毕业后他们都留在了本市，苑晴和贺岚同时被分进了群艺馆做了舞蹈和美术辅导干部，男人则进了市艺术团，先是由一名演奏员做起，直到做成了艺术团团长。

苑晴说所有的蛛丝马迹都是男人做了艺术团长之后发现的，在这之前她一直以为自己是一个幸福的妻子，尽管她没有做成母亲。没有做成母亲先是因为婚后经济没基础，男人的家庭负担重，要替父母供养兄弟姐妹读书，后来兄弟姐妹都长大了，等他们夫妻想要孩子了，却迟迟怀不了孕，做检查时发现苑晴的卵巢里长了肌瘤，而这肌瘤已经长大需要切除，医生说要是婚后马上就要孩子没准就长不了肌瘤，长不了肌瘤就不用切除子宫。这样一说，男人就觉得自己罪孽深重，苑晴做手术那天，男人哭着跪下了，说对不起她，并向她保证，即使他们这辈子不能有自己的儿女他也会永远爱她。苑晴也哭了，两个人互相说着对不起，苑晴说，那一刻看着跪在地上的男人就觉得自己这一生受多大罪为了眼前的男人也值。

那会儿，他们和贺岚一家同住在群艺馆的家属宿舍里，贺岚早他们成了家，孩子小冰已经满地跑了。苑晴说做手术的时候，贺岚特意请假看护她一天，直到她脱离危险期。

事后，贺岚不止一次地和苑晴说，人生没有圆满的，上帝给了她一个活蹦乱跳的儿子却没给她一个知冷知热的丈夫，而给苑晴一个有情有义的丈夫却不给她一个可爱的孩子。那会儿，贺岚几乎天天和丈夫吵架，她嫌他窝囊，没追求，其实正应了那句老话贫贱夫妻百事哀。

出院后的苑晴因为知道自己再也不能生育，对贺岚的儿子小冰就格外地亲起来，那疼爱劲儿甚至超过了他的亲生母亲。贺岚为此也不介意，那会儿她对丈夫已经彻底失望，知道只有自己才能改变家境，学雕塑的贺岚开始帮忙为别人做起广告装饰来。小冰几乎整天见不到妈妈，除了父亲就把苑晴的家当了自己的家。这情形一直延续了三年，三年后，贺岚的资本积累让她家先搬离了群艺馆简陋的家属宿舍搬进了崭新的两室一厅楼房，那会儿她的儿子已经是小学四年级学生，这个四年级学生并不像他妈妈那样热衷于新家，还是时不时地往苑晴简陋的家跑，直到两年后苑晴也因为丈夫当了艺术团团长因而有了新房子搬走了，小冰才少了些往来。

苑晴说，如果生活就这样一直过下去该有多好，穷时精神上从没有感觉出匮乏，富了却让人的精神逐渐地清贫起来。男人做了艺术团团长后，回家的时候开始见少，后来忙的时候男人就在团里安排了休息室。苑晴说，都说男人出轨只有自己的老婆最后知道，其实不然，她早就先于任何人感觉出了男人的变化，那是从夫妻间的每一个眼神，从相处中的每一句话，从床上的每一个动作中体会出来的。一个男人的心在你这里和不在你这里，你的感觉能一样吗？当时，苑晴曾这样问我。

男人的第一个女人是他们排练参加省里调演节目时外请的女导演，女导演比男人大，可是女导演经常会有小女儿状，声音沙哑，感情也很充沛，男人起初很不习惯，每每在苑晴面前说起女导演都摇头，说她太张扬，觉得女人还是内敛些好。苑晴还劝他说，工作伙伴又不是生活伴侣，不必太挑剔人家的性格。可是后来发现男人开始不说女导演外向了，而且在家里接女导演电话的时候，开始背着她了，再后来，一个晚上男人说要加班排练，苑晴在家里坐不住，半夜到团里找他，才发现团里漆黑一片，没有丝毫加班的迹象，只有男人休息室的灯光亮着。苑晴走进去，推开门的时候，发现女导演正在男人怀里哭泣，男人慌乱地站起，苑晴看见男人的衬衫扣错了扣子。

苑晴说，那一刻她感觉愤怒，感觉像自己偷了人，她转身向外跑，男人上前拉住了她，请她原谅听他解释，苑晴哭着挣扎着捶打着男人的前胸，女导演站起身来，睫毛膏让她的刚哭过的眼睛看上去那么不真实，女导演说，你有必要小题大做吗？我不过是借他的怀抱用一下罢了，没你想象得那么严重，你要是还对你的家庭有所顾忌，不想毁掉你丈夫的前程，你就该把看见的一切看作戏里的一个场景，戏排完了我是要走的，而你和他还要继续在这里生活下去，有的人天生就适合活在台前，有的人一辈子就适合活在幕后，你走到台前活着舒服吗？何去何从，你看着办。女导演说完扬长而去，介入和退出对于她从容得犹如在戏里走一个过场。

苑晴说，回家的路上，夜漆黑一片，她趔趄着深一脚浅一脚在前面跑着，男人在后面哀求着撵着，那一刻，她恍惚，悲哀，觉得她的未来从此黑暗下去了，再不会有晴天碧日的光景。

没过多久，戏排完了，女导演果然如自己所说走得干净利索，丝毫没有拖泥带水。走前，女导演给她打了个电话，电话里女导演说，他第一次投进我怀里的时候说的是对不起你，最后离开我怀抱的时候说的还是对不起你，命运让你遇上这样的男人，你该知足了。

这通电话和女导演干净利索的退出对苑晴的打击是空前的，苑晴说，女导演让她在伤心伤情的同时，也让她第一次开始审视自己的人生观和价值观，审视婚姻，审视人性。审视的结果是在半年多的冷战之后，在男人不断的忏悔下，苑晴终于原谅了他，他们小心翼翼地修复着婚姻，修复着情感的裂纹，只是小心翼翼的结果并没有驱散苑晴心头的阴影，反而让阴影日益沉淀发酵，成了心头挥之不去的困惑。苑晴说，她曾不只一次地在床上询问过男人，她与女导演的不同之处，每次男人都避实就虚，只是说，她与女导演是根本不搭界的两个概念，苑晴让他解释两个概念有什么不同？男人总是拒绝深说。

据苑晴的说法，与女导演是男人的第一次出轨，如果男人能够在这第一条支径上停住脚步，那么他给苑晴的伤害会随着时间的流逝而结成疤痕，如果他能因此更爱一些苑晴，我想那些落在苑晴心上的疤痕会逐渐成痂，脱落，不去刻意触碰就不会有痛感。

可惜啊，人不能预知未来。当我重新坐回电脑桌前，我还在为男人惋惜。

晚饭是苑晴下班回来后与我一起做的，我结束写作进厨房帮她搭手，苑晴问我写得顺利吗？我说比我预想的顺利。做菜是我的强项，掂勺、翻炒，我熟练地重复着在家里做惯的一切，苑晴说，嫁你的女人一定很幸福，我说，不一定，幸福感是因人而异的。

吃过晚饭，我陪苑晴去海边，临出门前，苑晴换了件衣服，这是件碎花连衣裙，一字领，大裙摆，拉链在颈后，样式和布料显然有些过时。当苑晴转过身要求我帮助她拉上拉链时说，他活着的时候最喜欢她穿这件裙子，他曾经不只一次地告诉过她每次为她拉链都会让他有种要照顾她一生的感觉。我的手指提起拉链的时候，苑晴的颈背毛茸茸的汗毛孔清晰而性感，让我突然有种想抚摸或者亲吻的冲动，而我知道我的任何举动在此刻都是一种亵渎，我快速为她拉好拉链，那一瞬间我体会到了男人生前的感觉。

依然是往日的黄昏，与苑晴并肩站在她平日伫立的沙滩上，心随海潮起伏。

苑晴说，她带着男人的骨灰来到这里不久，她曾经做过一个梦，梦里男人和她并肩站在黄昏的岸边，男人说不要为他的死而悲伤，如果他不死就不会像现在一样能天天陪她看日落，男人还说他活着时没能陪她天天迎日出，死了就让他天天伴她送日落吧。苑晴说，至今她还记得梦里男人的样子，凄惶、哀怜、无助，似乎苑晴不答应他，他就会再死一回一样。苑晴问我，你说人死了灵魂是不是还在？若不他为什么托这个梦给我？

我无从回答，也不必回答，因为我知道苑晴心里早有答案。

因为这个梦，苑晴看日落的时候总要带上男人的骨灰盒，为了不引起别人的好奇，苑晴特意做了个花布袋子包住了骨灰盒，她瞒过了许多与她擦肩而过的人，如果不是我住进了她家，如果不是昨天我好奇，我也会和那些人一样，生活里什么样的人没有？谁会注意一个抱着盒子看日落的女人？谁会在意她胸前的盒子到底装着什么？

知道我为什么不敢看月光下的大海吗？苑晴旧话重提。

我摇头。

我觉得月光洒在海面的每一片粼光都是一个暗示，它召唤我走进它的怀抱，走进宁静、安详和无思无虑。

你当真走进过？

苑晴点头，仿佛有一个声音在引导着我，我不能自主。

傻！答应我以后月圆时永远不要去看海！我心疼地把她搂进怀里。

是不是月圆的时候，人就会产生幻觉？苑晴问。

我不知道，但是好像我在一本什么书里看到过，月圆的时候自杀率就会高发。

如果真到死的那一天，我倒真希望能够死在月光下的大海里，来生托生成一条美人鱼在岸边等你！

那你是想让我做渔夫呢，还是做等你搭救的落魄书生呢？

做什么不都得讲究缘分吗？

夜里，我与苑晴相拥而眠，这一夜我们谈了很多也谈得很深，我们没有做爱，不是我没有欲望，而是这欲望分明被什么压抑住了。

六、交叉的人生小径

人真的是一种安于习惯的动物。

一连几天我都在重复着同样的日子，早上起床吃女人做好的早餐，开始坐到电脑前给刚好上班的远在北京的老婆报个平安，需要的时候再和制片通个电话，通报一下修改剧本的进度，然后，安下心来坐在电脑前修改剧本。修改到手累眼累或者灵感穷竭的时候，我会点燃一棵烟走到阳台前，眺望远方波澜壮阔的大海，让海浪把思绪带到远方，想那些值得怀想和不值得怀想的事情，更多的时候，我会像老朋友一样坐在男人的照片前，凝望着他那双同样在凝视着我的眼睛，想着那些苑晴讲给我的一切，我试图从苑晴的讲述里找到另一个版本，找到男人之所以这么做的根源。有时候，我真的希望男人能从骨灰盒里走出来，那样我们就能相对而坐，侃侃而谈，我相信只有同性更理解同性，毕竟我们都是男人，毕竟我们在人生的路途上都有着共同的经历。

男人的第二个女人是个从山沟里考到剧团的小姑娘，叫霞。那天苑晴说，经过了女导演的事件后，男人好几年都没有任何绯闻，他把所有的精力都投入到工作上去了，那几年剧团办得出奇的火，几乎每天都有慕名而来报考剧团的姑娘和小伙，他们家的门几乎被踢破了门槛。霞来的时候，是个中午，苑晴下班回到家，看见一个瘦瘦的衣衫褴褛的小女孩蹲在门口，还以为是个要饭的，女孩见苑晴走过来扑通跪下了，苑晴赶紧从口袋里掏钱，谁想女孩一把抓住了苑晴的手，叫她姨，说她叫霞是和几个同乡慕名来剧团报考演员的，结果那几个都考上了，只有她五音不全没考上，霞说山里太穷了，她出来一趟不容易，家里都盼她考上剧团当郭兰英呢，现在同伴都考上了，就她一个没考上回去没法和父母交代，求苑晴帮她和团长说说情，当不了演员，跑龙套做清扫工也行，反正是不能让她这么回去。

苑晴看霞泪一把鼻涕一把的，而且看霞虽然土，眉眼还是有些姿色，身条也还匀称，知道说些剧团的事自己说了不算的话是打发不走她的，就拿出手机给男人打了电话，想着不管怎么着先让他派人把霞弄到剧团，在家门口这么哭哭啼啼的影响不好。没承想男人一听霞找到了家里，就火冒三丈，说他不能纵容这样的事情，开了这样的头，以后别人也会效仿，他办的是专业剧团，不是收容站，让苑晴赶紧给她掏点钱打发走。苑晴从来没见过男人这么坚持原则，不想在电话里和他争执，只好拿出钱来说服霞，可是霞说什么也不要，说她不是要饭的，她要凭自己的本事吃饭。打发不走霞，苑晴想起群艺馆自己正在办着的舞蹈培训班，让霞站起来，又仔细打量了一番霞的身条说，这样吧，你先和我学期舞蹈，学完后要是考试合格了，再去剧团报考。霞听了苑晴的安排，跪地就给苑晴磕了个响头，喊了她师父，说这是他们家乡的老例儿，拜师要磕头的。霞就这样留下了，住在了群艺馆，饭费自然是苑晴掏的，不过霞很会做事，不但舞蹈学得用功，而且还经常来苑晴家帮她洗衣服做些家务，起初苑晴不同意，可是霞说她不让她做家务，她就不能白用师父的钱。

山里孩子的质朴和善良终于没有让苑晴再坚持，从此霞成了出入苑晴家的常客，自然也就和做剧团团长的男人熟络起来，起初男人不怎么搭理霞，更多的时候是霞和苑晴为伴。一期舞蹈班学下来，不但苑晴，连男人也发现了霞的变化，霞的刻苦让一个毫无乐感身体僵硬的农村女孩很快就婀娜多姿成一个打眼的漂亮姑娘，腰身也活络起来，打扮也时尚起来。霞不时地成了苑晴和男人之间的话题，偶尔霞不来的时候，男人会问一句怎么没见霞?苑晴很是得意自己的眼光，得意徒弟的争气，在一次舞蹈比赛上，霞得了一等奖，苑晴郑重其事地问男人说他的剧团是否打算要霞，已经有演出公司来打探霞了。男人思谋良久说，不看僧面看佛面，不久霞就成了剧团的正式成员。

成了正式团员的霞演出很是卖力，很快就成了台柱子，成了台柱子的霞依然经常来苑晴家里，不过不知道什么时候霞不再叫苑晴师父了，而是改口和其他人一样叫她苑老师了。而作为老师和师父的苑晴却一如既往地疼爱着霞，关爱她如同自己的孩子。几年过去，霞从一个女孩长成了大姑娘，到了该谈婚论嫁的年龄，对象是自己搞的，结婚的时候，苑晴和男人是主婚人，小两口很般配，苑晴有种嫁了自己亲生女儿的感觉，又高兴又不舍，让她不解的是男人在那个场合的姿态似乎有些夸张，不怎么自然，苑晴以为男人可能是管理剧团久了，身上不免多了些表演的成分。

霞怀孕的时候反应很厉害，吃什么吐什么，脸色也不好看起来。想着自己一生再也不能体验做个真正女人的感觉，苑晴心疼之余也有些小小的妒忌，那会儿，苑晴正忙着职称考试，关心霞就少了些，想着霞毕竟结婚成了别人的妻子，自然有人比自己更疼她。当然这疼只能是霞的丈夫而不是其他的什么人。

发现比自己更疼霞的不是霞的丈夫也不是自己而是自己的男人，实属偶然。那天晚上丈夫应酬回来已经大醉，没洗澡就躺倒在沙发上睡着了。苑晴进屋给男人拿被子，听见男人口袋里的手机有声响，掏出来发现有短信息，苑晴从来没有动过男人的手机，虽然有过女导演事件，苑晴还是觉得男人明显在改正，自己该相信男人才是，以往丈夫回家总是关掉手机，她也从没想过要去检查什么,可是这么晚了,会有谁给自己的丈夫发短信呢?苑晴终于忍不住打开了男人的手机,短信署名是宝贝,内容是我又吐了,你找的偏方不管事,怎么办啊? 我难受死了,早知道这样,我才不受这个罪呢。苑晴拿着手机的手开始哆嗦,这个号码很陌生,会是谁呢? 莫非男人在外面养了小? 而且和她怀了孩子? 只有自己傻瓜似的被蒙在鼓里? 苑晴决定死也要死个明白,她模仿着男人的语气给对方发着信息,宝贝,不会不管用啊,我好不容易才托人找的方子,别人都管用,到你这里怎么就失效了呢? 宝贝,你难受我很心疼,我现在马上就喝完酒了,一刻钟后,你要是方便的话就来我办公室吧,我不放心你。信息很快就回复过来,他不在家你又不是不知道? 我一会儿过去,你不回家,苑老师不会疑心吗? 苑晴回复信息说,没事,宝贝,我打电话告诉她了,今天要陪领导,可能回不去了。等我。我马上回去。苑晴发完信息,从男人口袋里掏出办公室钥匙,男人醉得一塌糊涂,翻个身又睡过去了,苑晴真想朝那张看似无辜的脸揍一拳,把他打醒,可是还有比这更重要的事在等着她,她要先搞清那个发信息的到底是谁? 她要赶在她到男人办公室之前赶到,搞清楚一切再和男人摊牌。

苑晴来到男人办公室,打开台灯,坐在男人办公桌前,等待着看谁来推丈夫的门。尽管一路上她已经隐约感到了什么,她还是宁愿是自己想错了,那是绝对不应该发生也不会发生的。

手机短信又来了,只有几个字,你到了吗? 苑晴回复道,我已经在办公室了,你上来吧。苑晴站到门灯前,她要在对方进来的瞬间打开大灯,好清楚地看清来人的脸。门被轻轻地推开了,苑晴按了开关,进来的是霞,是满脸惊慌欲逃的霞,是苑晴最不想看到的那张脸。

那张脸和那练舞蹈时被苑晴无数次握过的手同时在抖动,霞一如当初见到苑晴时一样跪下了, 只是这次跪得比前一次笨拙些, 她冰凉抖动的手拉着苑晴愤怒得同样在发抖的手哭泣着,师父，您打我一顿吧，看在我肚子里孩子的分上，您别打我的肚子，打我身上什么地方都行，您出出气吧！从我和团长开始的那天起，我就知道我早晚都得跪在您面前，您打吧，打我您会好受点。

愤怒的苑晴极度愤怒过后，异常地冷静下来，她看着跪在地上，因为隆起的肚子身子不得不向后倾斜的霞，看她脸上的泪水决堤般流过脸流过颈流到鼓胀的胸前，苑晴的心不知道为什么一下子软了下来，她的语调平静得异常，站起来，我不愿意看你肚子里的孩子还没有出生就在别人面前跪下了，将来他长大了膝盖也是软的。

苑晴坐回男人的办公桌前，对艰难站起的霞指了指沙发，霞哭泣着坐下了，师父，我对不起您。苑晴说我不是你师父，你还是叫我老师我听着舒服些，说说，你和他是从什么时候开始的？怎么开始的？都做了些什么？

霞还是叫苑晴师父，她说师父，团长和我是在您教我跳舞的时候，在您家里开始的。大致什么时候？苑晴的语调平稳似乎质问的是一件和自己毫不相干的偷情事件。霞说，有一次您出差去省里开会，团长醉了酒，回家时发现钥匙找不到了，给我打电话让我回来开门，您有印象吗？好像是五月。霞提醒苑晴。苑晴调动着大脑里的所有记忆，忽然想起确实开过一次会，是省艺术馆召开的表彰会，那次她被评为德艺双馨的群文干部，临开会前她曾把家里的钥匙交给过霞，让她得空的时候去给家里的几盆花浇水，这样的事情是指望不上男人的。后来呢？谁主动的？苑晴问。霞说，没谁主动，我从馆里赶到您家，打开门，将醉了的团长搀扶进屋里，团长确实醉得很厉害，进屋就吐酒了，那难受劲儿像得了大病似的，平日里精精神神的团长浑身一点力气也没有，搞得满屋的浊气，污物还喷到了我的裙子上，等我帮团长收拾干净，自己到浴室冲洗完毕，从衣柜里找出一身您的衣服来换上后，吐过的团长一个劲地喊难受，烧心，我冲了些蜂蜜水，想帮团长解解酒，可是我发现醉倒的团长根本无力起身喝水,我只好抱起他的头将水一口一口地喂下他。后来呢? 苑晴问。后来,后来团长就搂住我,可是嘴里喊的却是您的名字,他说他难受,让您搂紧他。霞说。你趁机做了什么? 苑晴说,那一刻她觉得仿佛几万只蚂蚁正在爬进她的心。霞说,我长这么大,第一次被男人抱,您也是从那个时候过来的,该知道那是什么感觉。不过,那一夜什么都没有发生,只是让我和团长觉得我与他之间比我和您之间更近了一步,因为团长早上酒醒后,几乎跪下求我不要让您知道他几乎在我怀里睡了一夜的事情。可是,不管您相信不相信,我觉得人注定要遇到哪些事情是逃不掉的,您回来的前夜,我来浇花,团长正在家里等我,他几乎瘦了一圈,他说从那夜后他再也不能忘掉我,我让他想起了他年轻的时候,结果能发生的都发生了,直到我结婚。这么说你肚子里的孩子是他的? 苑晴的嘴唇都在颤抖。不是! 孩子是我和我丈夫的!霞很是坚决地说,团长和我一开始就明确地告诉过我,我和他之间的事情不能影响到您和家庭, 也不能影响到我的将来,他在我这里得到的是青春的感觉, 我在他那里得到的是父爱,您知道我出生在那个贫穷的地方,我的父母给我的远没有您和团长给我的多,您带我入了行,团长让我有了工作,有了家,有了再也不用像我父母一样奔波劳碌的生活,师父,我是太迷恋您和团长给我的爱了,我如今的一切都是您和团长给的,如果您是男人您要求我,我也会献身给您的。我知道我这么做伤害了您,所以我一直内疚、悔恨,没人的时候我甚至抽过自己耳光,可是我不想失去你们中的任何一个。师父,当我做着您不愿意做的那些琐碎的家务,让您享受轻松轻闲时,我感觉我在报答您,当团长和我在一起时忘掉繁重的工作,忘掉年龄,忘记没有后代的痛苦时,师父,我觉得我同样也在报答他,我这么想着的时候,我心里的罪恶感就减轻了许多,师父,我知道您心里不好过,您要恨就恨我吧,团长他不是坏人,他和我在一起的时候,总是觉得愧对您,我问过他,是否还爱您，他说，您在他心里是不能被替代的，他一辈子都不会离开您的。师父，我错了，在您这里我错了，错得离谱，您要怎么处置我都行，只是别为难团长，别影响团长的声誉和工作，团长作为一个男人也不容易，您就把我当您的孩子，要骂要打就全冲我来吧！

苑晴和我说到这里的时候，问我，你要是一个女人，听到这里你会怎么做呢？我思索了足足有一分钟，然后，很不好意思地说，我没有更好的方法，我想我除了愤怒可能还是愤怒。你怎么处理的？苑晴说，因为有过了一次，我发现我不再像当初一样愤怒和慌乱，而且更不能让人理解的是，我对霞甚至憎恨不起来，看着她哭红的眼睛，有那么一瞬间觉得她就是自己的孩子，自己的孩子犯了错误，作为母亲的你能拿她怎么样呢？

我惊讶苑晴怎么会有这样的想法，莫非女人天生就是母性的？莫非从不会生育的苑晴心底淤积的母爱在不该发酵的时候发酵了？确实如我所想，事后苑晴的做法像一个母亲帮助自己吃了男人亏的女儿一样帮助了答应不再和团长来往的霞，她利用自己的关系给霞调到市总工会负责宣传工作，彻底脱离了剧团。调走了的霞也确实信守承诺，换掉了团长特意给她买的手机，再也没和团长联络，霞临产的时候让丈夫接来了苑晴，她把丈夫、婆婆都赶出了产房，只让苑晴陪着她，在一次次强烈的阵痛袭来的时候，霞死命地抓紧苑晴的手，撕心裂肺地喊着苑晴妈，当小生命诞生的时候，大汗淋漓的霞和同样大汗淋漓的苑晴抱头痛哭，霞对苑晴说，师父，您一辈子都不能做母亲了，我想让您在我身上目睹一次做母亲的过程。苑晴说，那一刻她从心底原谅了霞，霞就是那样一个人，她按照自己的方式报恩，只是不知道她报恩的同时也伤害着别人。

七、因为爱情

周五的早晨，苑晴梳洗完毕，我们简单吃了点早点，她就开始一点一点地擦着骨灰盒的棱棱角角，仔细得如同抚摸，她在同男人做最后的告别，这个时刻只该属于她和男人，我走开些，转过身去。良久，我听见身后苑晴有些低沉的声音，好了，我们走吧。我走近她，她的眼眸处湿润着，我知道任何来自别人的安慰此时对于她都是多余，只是走过去，拾起钥匙，抱起昨晚苑晴买好的二十枝玫瑰，然后搂住她的肩一起走出门，走下楼梯。

之所以选择周五，是因为来乳山的看房团大都是在周末从全国各地赶来，每到周六周日都是苑晴最忙的时候。

苑晴是在我的劝说下决定让男人入土为安的，我之所以这么劝她，是我与男人对坐的几天里，忽然觉得读懂了男人，照片里，男人生前那双明亮的眼睛无时不在托付我，那种托付只能意会不能言说，那是只有同性才能抵达同性内心的相知相惜。

昨晚，我们就将男人葬在哪里讨论了很久，我的意见倾向于海葬，只需雇一条小小的渔船出趟海，还可以方便祭日凭吊，而且不少伟人都将骨灰撒进了大海，一个凡夫俗子死后能归宿在大海比在平地起个土包或者在陵园竖块石碑都更有意义，对于死人来说葬在哪里都只是个形式，活人的心才是最好的墓地。

苑晴否决了我的意见，她执意要将男人的骨灰撒在大乳山上，她说让他归宿在女神的怀抱是最合适的选择，任何一个女人的怀抱都太狭隘，男人只有投生在女神的怀抱才能被容纳接受，才能活得率性自然。

我不知道苑晴是心中对男人的怨未了还是真心地希望男人安息，相对于这件事我终究是个外人，苑晴有权利做她想做的任何事情。

开车去乳山的路上，苑晴抱着骨灰盒默默地坐在后座，我从车镜里不时地观察着她的神情，许是时间久了，她看上去平静而低沉，没有悲伤但也看不出有任何说话的欲望，我打开车上的CD机，将一张盘插入其中，总该有些声响的，若不一路的沉寂很难忍受。

是王菲和陈奕迅的《因为爱情》，这是平日里老婆最爱听的歌儿，每当我们一家出游时，坐在副驾驶位置的老婆总会先把这张盘插进去，似乎王菲的歌声能让冰封的爱解冻，能让远逝的情回春。

这个时刻放这首歌不合时宜，我试图调换曲目，苑晴伸过手阻止了我，别，就听它吧。

给你一张过去的CD
听听那时我们的爱情
有时会突然忘了我还在爱着你

再唱不出那样的歌曲
听到都会红着脸躲避
虽然会经常忘了我依然爱着你

因为爱情　不会轻易悲伤
所以一切都是幸福的模样

因为爱情　简单地生长
依然随时可以为你疯狂

因为爱情　怎么会有沧桑
所以我们还是年轻的模样
因为爱情　在那个地方
依然还有人在那里游荡人来人往

再唱不出那样的歌曲
听到都会红着脸躲避
虽然会经常忘了我依然爱着你

清纯的歌声缭绕车厢，缭绕在我、苑晴和男人的骨灰之间，我看见苑晴闭上了眼睛，眼含泪水，将颈倚在了座椅上，歌声一定让她想起了什么，但愿是些她和男人之间的恩，而不是那些让她伤心的怨。

你怎么会喜欢这首歌？许久苑晴问我。

是我老婆喜欢，我据实回答。

哦，我明白了，你老婆也是受过伤害的女人。苑晴的声音像王菲的歌一样飘忽。

何以见得？我尽管心头一凛，还是故作镇静。

喜欢这首歌的女人或轻或重都受过感情上的伤害，心曲共鸣才能听懂王菲。

可是王菲和李亚鹏是娱乐圈里名副其实的金童玉女，王菲何以懂得受伤的女人心理？我反问。

她骨子里懂，可能他们也只是舞台上光鲜。男人与女人两情相悦易，两心相通难，你不是说过是情都会有保质期吗？越是美丽的东西破碎的时候越让人惋惜，但愿他们不要打破年轻人对纯真爱情的向往，否则更没有人会相信爱情了。你没有从这首歌里听出来什么吗？苑晴问。

我老婆放时入我耳的只是旋律，我真的没有很仔细地听王菲和陈奕迅唱的是什么。

你听出什么了？我反问。

爱情是神器，是用来让人们渴望和回忆的，从来都不是供人们拥有的。苑晴像一位先哲。

也许只有曾经沧海和巫山的人，才知道水和云彩的真身，受过爱情伤害的人才知道爱情的真谛。男人与女人因为陌生在一起，因为熟悉而分手，这可能是两性守恒定律，凡人谁也逃不脱这样的结局。

时隔一年，没想到，苑晴一语成谶，王菲真的离开了李亚鹏，他们修补好了嫣然的唇腭裂，却忽视了彼此之间的裂痕，而且听任这裂痕变成了马里亚纳海沟。他们离婚的那些日子里，这首《因为爱情》到处传唱，所有喜欢这首歌，坚信爱情的人们唱这首歌与其说是在为他们惋惜更不如说是为了爱情唏嘘。

男人的第三个女人其实我不说，你也能猜出了八九分，那就是苑晴的同事同时也是她和男人共同的同学贺岚。当时苑晴和我说起男人和贺岚的时候，不像说起男人前面的两个女人那么流畅，好像一本书读到情节转折处不免有些生硬，这生硬让我当时听来，似乎看见一条平缓的河流突然遇到礁石激挡，感觉不是礁石被淹没就是水流改道，而礁石与水流原本不应该在那个地点在那个时间相遇的。

苑晴说，霞的事情过去后，她和男人的关系似乎在夫妻关系上又多了点什么，说不上是容忍还是母爱，总之，苑晴似乎把男女之间的一切看淡了许多，加上周围的大气候，大凡一些有点成就的男人似乎没点绯闻反而不正常，苑晴说，她本身也不是没有遇到过诱惑，只是她比别人更了解自己，她说她做不到身心分离，做不到同床异梦，所以也不愿意招惹那些诱惑。

在苑晴看来，许多貌似幸福的婚姻后面其实都有许多不为人知的苦痛，只是有的苦痛公开化了，有的苦痛被至今还在苦痛中的男女消化着，任何一个衣冠楚楚的男人和一个靓丽光鲜的女人只要走入婚姻走入琐碎平淡的生活，就不可能还会拥有王子的高贵和公主的高雅。而退却了这层外皮的男人和女人，骨子里谁又比谁能强到哪儿去呢？

那是男人一生中最辉煌的时刻，苑晴说，那年男人三十八岁，他领导的艺术团在全省剧目选拔赛上脱颖而出，被选中参加全国比赛。那些日子里电视台放的全是男人和艺术团的专题片，男人在那一年里获得的荣誉比他一辈子获得的荣誉都多，五个一工程奖、振兴奖，工资晋级，事业上春风得意的男人心态明显年轻了许多，和苑晴的关系似乎也恢复了许多，这期间的苑晴夜深人静的时候为男人以前的出轨找了许多开脱的理由来安慰自己，她觉得男人以前之所以做了那么多蠢事，实在是因为男人一直不得志，只有不得志的男人才会有多余的精力和时间，只要男人的事业有奔头了，看见亮光了，那么男人就没心思和时间纠缠在那些无聊的龌龊的见不得人的事情里了。

这段美好的被苑晴事后称作回光返照的情感只维系了三个月，三个月后的一天，男人带着他的艺术团进京参加比赛了，晚上一个人在家的苑晴接到贺岚的丈夫老杜打来的电话，说要给她看点东西。因为以前就很熟识，只是搬家后往来少了，苑晴想都没想就到了贺岚丈夫约她去的酒吧。

苑晴说，贺岚丈夫的话犹如晴天霹雳，让毫无准备的苑晴有那么一刻觉得是贺岚的丈夫精神失常了。贺岚的丈夫说他知道贺岚和她丈夫的事情已经一个多月了，问苑晴打算怎么办？苑晴说，老杜，你说话要负责任，不要血口喷人。贺岚的丈夫叫杜卫民，苑晴觉得叫他老杜亲近些，老杜将一张光碟推到苑晴面前说，我当然要负责任了,你回家可以好好看看这个。他们两个是从贺岚给他制作布景时,没过多久开始的,那段时间我恰好出差去了广州,我也不瞒你,我和贺岚的感情一直不太好,所以平时我对她就多个心眼儿,我出差本来需要十天的,我一个星期就提前回来了,那天晚上我回家时,贺岚没在家,我问了公司的员工,知道他们最近正在给艺术团参加全国比赛制作布景,就径直找到了艺术团,结果我发现宽大的排练场里,你丈夫和贺岚席地而坐,旁边是画半截的大幅布景,他们没有发现我进来,我听见贺岚对你丈夫说,和你一起工作真好,我好像又重回到了年轻的时候,感觉理想和浪漫那些早就被我扔掉的东西又重新光顾了我。你猜我看见了什么?贺岚的丈夫老杜问苑晴,苑晴摇头,老杜说,我看见你丈夫伸手给贺岚撩起了垂落在眼前的头发,对她说,无论到什么时候,人都是有所追求才会觉得活着有意义的,当然这个社会是个商品经济的社会,没有钱是不行的,可人要是只为了钱活着,那岂不是成了金钱的奴隶?其实你在绘画上很有才华和天赋的,可是这些年来,你浪费了你的才华和天赋,你让它们为你换取了物质上的东西,你是过上了富裕的生活,可是你感觉到快乐了吗?没有!从来都没有!你把自己当作了一台印钞机!你内心其实要的不只是这些看得见摸得着的东西,你比任何人都清楚你要的是什么?你只是在欺骗自己而已。我觉得,你现在的物质积累已经足够了,你该结束这一切,回到真正的艺术创作上来了,也许你注定成不了毕加索,可是当你老了,你看着那些凝结着自己的心血和生命的艺术品的时候,怎么也会好过看着一堆纸币要安慰些。

苑晴听到这里说,这有什么啊?作为朋友和邻居,我不觉得他们过分了。贺岚的丈夫老杜说,他们要是真这样,我也就不说什么了,可他们说起了我。苑晴问,说你什么了?老杜说,贺岚说她之所以走到今天这个地步其实都是因为她不该嫁我,如果我要是和你丈夫一样,她肯定不是现在的她了,而你丈夫也不是现在的他了。

后来呢?苑晴问,她不想听贺岚的丈夫无休止地废话下去,她只要知道结果就行了。她知道贺岚话里有话,那些话让她烦躁,让她想起当初在校时,丈夫是先对贺岚有好感的,只是那时候,贺岚心高气傲没理他的多情,才让他们得以走到一起。正像贺岚说的,假如丈夫娶的不是她而是贺岚,会怎么样呢?就像贺岚说的,她还会是现在的她吗? 他们三个,不,他们四个肯定不是现在的他们了。

贺岚的丈夫老杜说, 我看见他们还会没完没了地说下去,而这些话贺岚从没有和我说过。趁他们没注意我,我悄悄地退了出去。不瞒你说,我其实从来没有感觉过贺岚爱过我,所以这次去南方,我特意买了一种针孔摄像头,我承认我无能,我不如她能干,可是再怎么着,我都是个男人啊,我有我的自尊和脸面啊,我回到家就把摄像头装上了,然后,我到旅馆开了间房,我听他们的谈话就感觉他们之间有问题,可是我又宁愿是自己想歪了,自己心里脏。不管怎么说,你们三个毕竟都是同学,我们两家又是那么好的邻居,而且小冰对你的感情甚至超过了他妈妈,说到哪儿,他们都不应该做对不起我们对不起他们自己的事情啊。可是结果呢? 结果是他们比我更脏! 你看看吧,这是那天夜里他们在我家做的一切,对了,你丈夫是完事后两点四十离开的,我估计他准是回到了你身边,然后告诉你他是多么辛苦,加班到这么晚。

苑晴说,她不知道贺岚的丈夫怎么会看那么准? 那些日子丈夫真的是没有在外住宿过一次,无论多晚他都会回到家里,回到她身边,这是她不曾对他起疑心的原因,也是她,如果真如贺岚丈夫所言,也是她一直被蒙在鼓里的原因,哪个妻子会去疑心一个整天为事业忙碌到废寝忘食还知道睡回到自己老婆身边的男人呢? 除非这个女人天生就有疑心病!

苑晴问贺岚的丈夫,你想怎么办?贺岚的丈夫说,我现在是想让你知道,本来,我是不打算让你知道的,我想在我和贺岚之间解决问题,可是贺岚不但没有悔意还说什么,既然你已经知道了就不用麻烦她告诉我了，离不离婚随我便。你找过他吗？苑晴问。贺岚丈夫说，找过你丈夫？苑晴点头。没有，贺岚不让我找，说你丈夫正准备进京参加比赛，说我敢在这个时候打扰他，她就让我离婚后什么都得不到，包括孩子和财产。你知道的，她是个说得出做得出的人。老杜眯起眼。

你为什么要告诉我？苑晴问，贺岚的丈夫说，难道你不应该知道吗？你丈夫以前做过的至今还在做着，你凭什么要为他永远贤惠下去？你看看这个光盘吧，他口口声声说爱你的时候，在做着爱别的女人的事情！你不可能装一辈子傻吧？如果，你以前做的宽容是为了挽救你的婚姻的话，那么它可以告诉你，你的努力失败了，至少它们没奏效，你要不就换个方法，要不就和我一样当断则断吧！

一种说不出的恶心袭上苑晴的心头，她不能再待下去了，她起身想朝外走，站起的瞬间她感觉一阵天旋地转。她不知道是怎样被贺岚的丈夫扶上车的，她不想坐他的车，可是她的脚步绵软得没有一点气力，她感觉自己的身体沉重得像座山又感觉自己像一片落叶，不管是山还是落叶结果都是一样的，不是倾覆就是坠落。

苑晴说她不知道是怎样被贺岚的丈夫送到家的，贺岚的丈夫要送她上楼，她拒绝了，她不想让这个怯懦的管不住自己的老婆却有本事教训别人老婆的男人进她的家门，她一点都不同情他，如同不同情自己一样。

回到家的苑晴木讷地进了屋，木讷地坐在床上，打开了卧室的电视机。电视里正在播放着各省进京参加比赛的节目，苑晴木讷地看着，感觉自己一会儿在戏内一会儿在戏外。

噩耗是在早上上班的时候听说的，夜里，一辆尼桑撞上了一辆坏在半道正在修理的拉满钢筋的大货车上，尼桑的前脸完全卡进了货车的车厢，司机当场毙命。

尼桑的司机不是别人，是贺岚的丈夫。

苑晴说，那几天她不知道自己是怎么过来的？她不知道是否因为送自己回家贺岚的丈夫才出了事故？她不知道那个深受刺激的男人是贪了杯还是走了神竟然完全没有看见亮着警示灯的货车？那辆货车为什么偏偏在那个时刻经过那里又坏在了那里？那个倒霉的男人为什么早不经过晚不经过偏偏在那个时刻经过？他为什么偏偏在今晚约见她？在他离开这个人世的前一刻让她知道所有的不该他知道更不该她知道的一切？谁设定好了这一切？谁在冥冥中操纵了这一切？

贺岚的悲伤不是装出来的，看见的人都清楚地感受到了亲人之间的那种生离死别。没有人知道真相，知道真相的苑晴在懵懂呆傻了一天后，回到家里时在自己随身带的包里发现了那张光盘，不知道它是什么时候怎么到了自己的包里？肯定是贺岚的丈夫在扶她上车的时候顺手塞进去的。

苑晴说她本不想看那张光盘，她进屋的第一件事情就是打开了电视机，那晚是进京参加比赛的节目颁奖的实况转播，丈夫早已通过短信告诉了她转播的时间。但是，苑晴说那一刻她的心里一直有个声音在告诉她，你必须看！你一定要看！那张光盘里到底有什么让一个男人在死前的一刻必须送到她的面前？苑晴终于没能忍住启动了电脑，将光盘插入。

记得当时苑晴问我，你能想象出那样一种场景吗？电视的屏幕上，你的男人在众人如雷的掌声里衣冠楚楚，神采飞扬地走上台，去领主办方的最高领导颁发的最高大奖，而电脑的屏幕上你的男人正赤身裸体地在进入一个你曾视她为朋友的女人？

我摇头，但是我能想象这两个场面绝对是一个男人在尘世的巅峰时刻，是精神和肉体的双重极乐。

你当时怎么想？我问，源于一个男人对女人的好奇，源于一个编剧对特殊事件下人物心理的探秘，我其实不应该这样问的，这不符合一个绅士的风范。

苑晴没有介意我的无礼，她说，我在那一刻忽然觉得那个在电视或者电脑的屏幕上同时出现的男人与我无关！他一直以这样一种独立存在的方式在这个社会上活着，他的荣誉和欢乐只是他自己的荣誉和欢乐，与旁人无涉，而我一直在自欺欺人地以为他属于我，他从来都不曾属于过我！那一刻，我忽然释然了，觉得心里把什么东西放下了，没有了悲伤也没有了愤怒，我平静地关掉了电视关掉了电脑，奇怪的是，那一夜我睡得很沉，而且什么也没有梦见。

乳山很快就到了，相传很久以前，黄海岸边闹饥荒，死尸遍野，嗷嗷待哺的孩子再也不能从母亲的乳房里吮吸出乳汁，巡海的海神娘娘看见了，慷慨地解开衣襟，饥饿的孩子从四面八方送来，海神娘娘再也未能合上衣襟，索性仰躺在岸边，广施母恩，从此黄海岸边才得以香火接续，人脉相传，而海神娘娘却因此延误了归期，被天帝贬到人间，成了这具乳峰高耸、广施母爱的人间女神。

将车停在山脚，沿着一条羊肠小道向上攀爬，脚下的荒草和乱石不时地让我停下脚步，伸出手搀扶一把抱着男人骨灰盒的苑晴，每次苑晴的眼神都充满了谢意。如果不是这样的心境进山，那满山婆娑的马尾松和这野花缤纷逶迤曲折的小径准会勾起我久违的诗兴的。

临近山顶路变得陡峭起来，我停下脚步征询苑晴的意见，苑晴说，我能行，相信我，我已经来过一回了。我还能说什么呢？这个女人早就为今天做好了准备。我只好跟在她后面，以便她需要的时候扶她一把。苑晴在我前面稳稳地向上攀登着，似乎什么也挡不住她的脚步，而我狼狈之极，几乎四脚并用。

终于爬上了山顶，极目四野，一切浑然天成，乳山乳峰高耸，黄海巨浪排空，山魂海魄，浪笑风歌，任何一个雄性的物种在这里都会豪气冲天、慷慨激昂的。

怪不得苑晴为男人选中这里做归宿，那一瞬间，我忽然想起苑晴说过的话，人可以活的地方很多，但是可以安心死的地方却不多，那必是天人合一可以安等来生的地方，而乳山是可以用来死的地方。

我发现，我的心正在认可苑晴说过的话。

看着苑晴为男人做着一切，我不想帮她做什么，毕竟这是她与他的事情，该由她和他了结。

我其实应该为男人感到庆幸的，我不能想象一个男人在屡次伤透一个女人的心后，还能被这个女人如此厚待。

男人死后，依照男人老家的传统是不能被葬入祖坟的，没有后代，又不是正常死亡，这种横死的人如果葬入祖坟会坏了风水给整个家族带来不幸，男人的弟弟妹妹火化完男人，在回家乡的路上选中了路边的一棵树埋葬了他们的兄长，为此，苑晴还和他们吵了架，依照苑晴的逻辑，男人就应该被安葬进祖坟的，不说男人生前对家庭的贡献，就看在一奶同胞的分上也不应该让他们的兄长死后做孤魂野鬼。

可是逻辑最终没能扭过常理，男人的大弟一句话让苑晴哑口无言，大弟说，看在你曾是我们嫂子的分上我们就不说什么了，难道我们不比你和我哥哥亲？如果把他埋葬进祖坟，以后我们整个家族的任何一个人有什么不测，你来负这个责任吗？苑晴直到那时才想起自己的身份，才想起如果不是过去曾和男人一起供养过这些人，按道理他们是不允许她在葬礼上出现的，该知情的是她而不是他们。

男人的骨灰被埋葬在了路旁的树下，看着昔日的小叔和小姑们按照规矩做着他们该做的事情，苑晴说，那一刻她替男人悲哀。没有子嗣，这样的死法都不是男人的选择，可是他的命运竟然被选择成这样？到底谁该负责呢？

埋葬完男人后，苑晴说她经常在夜里梦见男人，每次梦见男人都是男人央求她带他回家，梦里男人的音容如同活着时一样。这样的日子持续了很久，终于有一天，苑晴承受不住噩梦的缠绕，找了个算命的先生，算命的先生说一切都是因为她和男人的缘分未了，苑晴的前世曾是个负心郎，欠了情债，男人今生是索债来的，他们实际上是一对欢喜冤家，一生吵吵闹闹却谁也离不开谁，只要他们分开了，轻则家破重则人亡。

苑晴说她本不是很信算命先生的话，因为那时候，男人的死早已成了小城人皆尽知的新闻，她只是觉得算命先生帮她下了个决心，其实那个念头她在男人被葬在路旁的时候就有了，她想无论如何她都要给男人找个好地方，他不该是这样的归宿的。

人要做什么和不做什么冥冥中都有定数。

那个早晨，苑晴抱着悄悄挖出来的男人的骨灰盒登上了购买海景房的大巴车，穿越了没有河流的平原，穿越了黄河，一路来到乳山银滩，她说她也是奔大海而来的，没想到这一来让她改变了计划，她留了下来，她觉得在这片移民海滩生活远比她在那个小城活得轻松，这里没人知道她的故事，她也不必触景触情，她回到家乡处理了一切，用积蓄买了海边这间独居，又为自己在售楼处找了份工作，当然，她把男人的骨灰也安置在了家里，她说她不想让男人离开她。说来奇怪，自从把男人的骨灰安置在家中，自从她每天黄昏带着男人的骨灰看日落，践履着男人生前的诺言，她再也没有在梦里梦见过男人央求她带他回家。

人死了，即使化成灰也还是有灵魂的吧？苑晴这样问过我。

八、幸福是每个人的渴望

周末，苑晴开始忙起来。我知道那个场景，来自全国各地的看房大巴陆续开进银滩，这个时候的售楼员最辛苦，不说到喉咙嘶哑根本熬不过这个周末，我想象不出，苑晴这个已经过了四十岁的女人如何在一群伶牙俐齿的小姑娘面前分一杯羹的？而经历过如此情感创痛的她又是如何安于这已经不再适合她的职业的？写累了的时候，我静坐在男人的相片前，尽管他的骨灰已经不在，我还是习惯这样陪伴他，好像这已经如同我的写作成了我每天必须做的一件事情。

倘若男人不死，苑晴也不至于流落于此，倘若苑晴不爱男人，她也不会流落于此。对于男人的死，苑晴是这样对我讲述的，尽管我对此心存疑问，尽管我不知道是否在诱导你或者别人走进一个误区，可是苑晴当时确实是这样告诉我的。

苑晴说，男人领奖回来刚进艺术团就知道了贺岚丈夫出了事故，当即就给她打电话说，要她陪他一起去看贺岚。苑晴迟疑了一下，还是答应了男人，她觉得无论今后发生什么，这个时刻他们夫妇同时出现在贺岚面前会比他们之中的任何一个单独出现在她面前要合适些，尽管这个合适是给外人看的。

当苑晴和男人一踏进贺岚的家，那戚戚惨惨的场景让男人不由得抓紧了苑晴的手，苑晴说，那一刻她感觉男人的手冰凉。接下来的场面苑晴说她不知道怎么就揽住了一看见她就号啕着扑向她怀抱的小冰，而无视贺岚那哀伤的目光，她觉得贺岚是不需要安慰的，对于她悲痛很快就会随着时间消失，而对于小冰时间愈久创伤会愈深。过早地失去父亲对于一个未成年的孩子意味着他将过早地承受生活里那些本不该他承受的东西。

对于任何一个人父亲都是唯一的，而对于任何一个男人和女人，丈夫和妻子的唯一性都是有时效性的。

从贺岚家回来的路上，男人埋怨苑晴，不该只顾孩子而不去安慰贺岚。苑晴说，她有你安慰就足够了。男人听着苑晴口气不对，问她这么说什么意思？苑晴说没别的意思，她不想现在就和男人摊牌，这不是该摊牌的时候。

接下来的日子，男人帮助贺岚处理着后事，忙前忙后的，苑晴视而不见，只是不再和男人同居一室。男人在处理完一切闲下来后，询问苑晴为什么？苑晴二话没说，打开了电脑。男人一看见电脑里的画面，扑通就给苑晴跪下了，他说他本不想这样的，实在是当时头脑发热，不过他和她就做过这么一次，而且事后他们都很后悔。可是，这些东西是怎么到你手里的？男人问苑晴。苑晴告诉了男人他走后发生的一切，男人后悔不迭，哭着请苑晴原谅他，苑晴说她心已经死了，她不想再与他过这种欺骗和被欺骗的日子了，一天也不想了。男人这个时候才意识到这一次他触到了苑晴的底线。

所有的乞求都无济于事，所有的说合都没有奏效，贺岚的丈夫死后三个月，苑晴和男人离了婚。

离了婚的男人如同丧家之犬，有一次在街上与苑晴擦肩而过，竟然愣怔着站在原地不知道自己要干什么。离了婚的苑晴也不好过，夜夜失眠，想着自己这么做到底谁得到了好处？男人开始酗酒，后来艺术团的工作也开始走下坡路，苑晴狠着心不去想不去听，却从来没有心神安宁过。终于一年后，男人又开始振作了，不久，苑晴就听到了男人要和贺岚结婚的消息。

婚礼是在贺岚的丈夫一周年过后一个月举办的，苑晴听朋友说，男人说他们都是二婚就不想张扬了，只请几个亲戚和好友参加。朋友还埋怨苑晴傻，不该当初死脑筋不听人劝，如今这社会哪儿还有把自己的老公拱手让人的？苑晴听了也不辩解，心说谁心里苦谁知道，如今他们这么做也算是当初自己没看错。想是这么想了，可是心里的结还在。

男人和贺岚结婚的那天晚上，苑晴怎么都待不住，心里长草了一样乱。她知道只有恨才能让自己平息下来，才能让自己忘掉男人。她打开了电脑，插入了那张她已经放置起来多次想毁掉多次又没有毁掉的光盘，她想告诉自己，那个早就背叛了她的男人不值得她想，不值得她留恋。

苑晴说，她不知道那个夜晚自己到底是睡着还是醒着，恍恍惚惚地似睡非睡似醒非醒，第二天早晨就听到了那个噩耗。

新婚之夜，男人死在了贺岚的床上。

男人死于他杀。凶手就是他那夜的新娘贺岚。

审判的时候，贺岚供认不讳，说那夜她发现男人在她之外还有另外的女人，愤恨之下起了杀机，趁男人熟睡的时候用一把锋利的切西瓜刀扎进了男人的心脏。

一桩没有任何悬念的谋杀案，在小城沸沸扬扬之后，在贺岚伏法之后渐渐平息了。而苑晴觉得她从来都不曾有过任何瞬间的平息。她一直不能理解的是贺岚为什么会下得去手，面对她终于追逐到手的男人？而男人即使千错万错，也不该死，不该这样地死。

不仅是苑晴疑惑，其实我当时听苑晴讲到这里也开始疑惑，没有任何道理的，一定是男人和贺岚之间有什么不为人知的秘密，一定是贺岚隐瞒了什么？可是作为人都有求生的本能，谁会傻到用生命做代价隐瞒什么呢?除非要隐瞒的事情远比她的生命重要。可是逝者已矣,纵使活着的人有天大的疑问都无法求证了。

苑晴曾经问过我,她是不是不该和男人离婚? 如果她不和男人离婚,男人是不是就不会与贺岚走到一起,就不会和她结婚?而不会和贺岚结婚,男人就不会死。

我劝苑晴说,哲人早就奉劝过我们,不要用别人的错误惩罚自己,在这件事情里,错的不是你,我们每个人无论做什么终将要为其付出代价的。对于这件事情,我只能这样劝她也只能这样说服自己。

剧本终于修改完毕了,给制片人孙坚发了过去,孙坚和导演连夜看完后,一致认为我改后的结尾比他们原来设想的还要好。在结尾,我把原本死去的女主角写活了,我让她在万念俱灰的时候遇到了一个优秀的男人,这个男人给了她继续生活下去的勇气和希望。整个结尾倾注了我许多心血,我绞尽脑汁把一切设计得合情合理,而又不至于落入俗套,每个画面和场景我都力求别出心裁、独具匠心。

还好,孙坚够交情,认可结尾后立即把余下的十万元编剧费打了过来。我拿到钱径直奔了售楼处,在掏钱的瞬间我犹豫了,我将预交的一千元预定单折好放进包里,快步离开,我能感觉到背后正在接待我的售楼小姐的目光正从热切转为惊诧和困惑。

走出售楼处,重新站在那一片热火朝天的工地上,遥望着那栋早已看好的房子,我问自己我确实需要这套房子吗? 我确实有必要在海边有所房子吗? 不去征求老婆的意见? 不去考虑房子的使用价值? 不去想路途的遥远?

即使我有一万条理由,也不应该这么匆忙地决定这件事情。

人生在世,有许多想得到的好东西,但是并不是每个好东西都适合自己,或者并不一定拥有了好东西就会幸福。我改变了决定。

我不知道我为什么这么做？我只知道我有这么做的充分理由。就像我给我剧本中的女主角一个充满希望的未来一样，我既然鼓励苑晴埋葬了男人，就不应该再把她拉进阴暗之中。我与苑晴到此为止，远比让她知道我在这里买了房，期待着我有一天还会回到这里对她对我都更好。

老婆又来电话了，我已经在电话里明确地告诉她，明天我将启程回家。

黄昏，我独自来到海边，看着远方的晚霞，看着被夕阳镀金的海面，默默地和自己的愿望说着再见。

从明天起，做一个幸福的人
喂马，劈柴，周游世界
从明天起，关心粮食和蔬菜
我有一所房子，面向大海，春暖花开
从明天起，和每一个亲人通信
告诉他们我的幸福
那幸福的闪电告诉我的
我将告诉每一个人

给每一条河每一座山取一个温暖的名字
陌生人，我也为你祝福
愿你有一个灿烂的前程
愿你有情人终成眷属
愿你在尘世获得幸福
我只愿面朝大海，春暖花开

不知道什么时候，苑晴站在了我身后，她那低沉的略有些沙哑的声音念着海子的这首感动了无数人的诗，在我听来竟是那样的黯然神伤。也许是我的担心多余了，苑晴是个不用说就能明白的女人，我揽过她与她并坐在岸边，我听见她轻轻地问了一句，是在和大海告别吗？我笑笑心说也包括你。

晚上，我和苑晴做爱做了很久，做爱的过程温柔而绵长，我们在用我们的身体告别，都想给对方更多都想尽力做到最好。

沐浴过后的苑晴执意要为我跳个舞，她换上了白色的舞鞋，换上了白色的舞裙，乐曲响起，她翩翩起舞，很快便和音乐融成一体。我惊讶地瞪大了眼睛，我承认我曾看见过许多专业演员跳舞，但是像苑晴这样魔幻迷人的舞姿我还是第一次看到。她不是用身体而舞而是用灵魂而舞，在这个狭小的空间里，她像精灵旋转着，似乎这个舞台很宽广，似乎没有什么能阻挡她的舞步，只要音乐继续。我忽然明白，我知道我为什么一开始就被她吸引了。

我不知道，你有没有这样的经历？在人群中你会一眼就能发现那些经过舞蹈训练的女人，她们举手投足间自有一种优雅，那空乏似乎目中无物的目光里自有一种高贵，她们和读书的女人都是女人中的极品。

男人对这种女人的欲念其实是对时尚和高雅的向往，无论这个男人多么成功或多么落魄，骨子里都有这样的情怀。

走过去搂定苑晴，舒缓的音乐里拥她入怀，这一刻，我觉得不仅我们的身体在相拥而舞，我们的灵魂也在相拥而舞，她的耳语似乎来自前世——

会记住我吗？我要送你一样东西，要你永远记住我。

宝贝儿，你就是今生上帝送我的最好的礼物。

说这句话的那一刻,我想我是真心的,尽管我和老婆和无数与我有过肌肤之亲的女人说过许多言不由衷的谎话，可这一刻，我分明感觉到了心尖划过一丝刺痛。

九、戏中戏

我当下的生活和大多数人别无二致，行色匆匆在人生的单程路途上，背景是瞬息万变的世界。网络成了我了解这个世界唯一便捷的通道。作为普通人的你是看热闹，作为编剧的我是积累素材。通过一些趣闻轶事，我寻找着刺激我交感神经的G点，然后将它们拼接起来，组装成一个又一个苦逼、惊悚的片段，去吊那些闲来无事、有福气每晚坐在沙发上听凭我愚弄的人们，业内有个知名评论家管我这叫“二手生活”。时下的中国什么都流行二手货，对于消费不起一手生活的阶级来说，欣赏些物美价廉的二手生活，既能缓解些羡慕嫉妒恨，又能拓宽人生的横断面，何乐而不为呢？

不时地，一些看过我剧本的女演员问我，剧中的人物是否有原型？我不能据实相告，那样我在她们心中的地位就会一落千丈，每到这时我就摆出一副高深的样子，绕过或者岔开这个话题，对于我来说是商业机密，不能随便示人。

只要我登录互联网，我需要的人物和情节就会信手拈来。不知道这个社会得了什么病，人们不再和身边的亲人和朋友吐露心声，而是来到互联网将陌生的、一辈子甚至八辈子都不可能遇见的人视作知音，当然他们不可能知道，他们的心声被我这种二流编剧或者三流作家变成了自己口袋里的钱。

依然是混在演艺界，混在声色犬马之中。但是认识我的人都说我变了，我变得不再那么随意，不再那么无所谓，尤其是面对那些投怀送抱的女演员和想做女演员的女人们，我不再招惹她们。有一次，制片人孙坚听说我没掸他戏里一个女演员的面子，见到我说，你丫什么时候正儿八经了？吓着了？

那时候网络上一个女演员被导演性骚扰的事件正炒得沸沸扬扬，而我从来都不是被吓大的。我懒得和他解释，我的症结只有我清楚。乳山的那些日子让我心里多了许多禁忌，正像我开头交代的那样，我总是在不该思索的时候思索，在该行动的时候忘记行动。尽管我在努力地想忘掉那个女人，那个女人还是影响了我。

从我离开乳山的那一刻，我就决定把我和苑晴之间的一切埋葬在心底。我与她不会以想念之外的任何形式联络，这样无论是对她还是对我都是最好的结果。

回到家的第一件事情就是把余下的稿费如数上交给老婆。前两次制片付稿酬都是直接打到账号上的，老婆看着我从包里掏出这么多现金惊讶地问，你怎么改变计划了？我装傻，什么计划？在那里买海景房的计划啊。没想到还是被老婆看穿。我是那种有计划的人吗？再说，你不同意我怎么能擅自做主？只是因为我不同意吗？老婆刨根问底。我将那张作废的购房订单从包里掏出来，重重地拍在桌子上说，白瞎了一千元定金，不是因为你那还会因为什么呢？我反问她的同时其实心里也在反问自己。我故作声势是在掩饰心虚，我不能这样敏感，这样敏感的结果只能是让我更多地想起苑晴，想起她我就无法释怀。

老婆欣喜地蹿上来鸡啄米似的亲了我一口，然后迅速将摊满桌子的人民币装进她那再有十万也能装下的随身包里，拉着我跟她去存钱。

开车来到家附近的商业银行，老婆进去存钱，我在车上等她，看着里面天天比医院看病的人还多的人拿号排着队，知道老婆进去没有半个小时出不来，百无聊赖地四下张望着，两家门店上的招牌让我不解其意，一块上面写着“鲍鱼先生”，另一块则叫“华夏良子”，我不知道鲍鱼怎么匹配的先生，华夏与良子又何出一辙？北京越来越会玩混搭了，能把两种风马牛不相及的东西合并在一起，不知道是太想别出心裁还是太不拿国文当回事了。

车水马龙的街道，高耸入云的楼房，灯红酒绿的铺面，到处物欲横流，看不见一点儿非物质的净土。我忽然想念起大海来，这时的苑晴在干什么呢？她还记得我吗？是否也像此刻的我难忘旧日时光？

我以为一切都过去了，我和苑晴分别后一直没有联络，尽管我曾无数次冲动得想给她打个电话或者发条短信，但是一想到假如有了第一次我就不能保证不会有第二次或者第N次，对于现在的我和今后的她都是弊多利少的。

孙坚打电话约我在后海一酒吧见面。过去北京人之所以喜欢后海，是觉得那儿是块“世外桃源”，玩时尚的去三里屯，装斯文的去后海，北京人嘚瑟，好像不整点儿调调，就不能证明他们曾是皇亲国戚一样。

我现在最发怵的是来后海了，一路的堵车，再加上后海边上那些跟格调挨不上边儿倒跟低俗世俗庸俗傍家儿的小店，家家门口都站着招揽客人的外地妹子，南腔北调地招呼你，拉扯你，让你有种此地为何处，今夕又何年的恍惚感，想过把穿越瘾的后海一准能满足你。

走过银淀桥，老远就看见孙坚站在后海南沿儿一家挂着张艺谋电影里的红灯笼的小店门口冲我招手。几日不见，孙坚的秃头似乎比以前更亮了，一脸的得意，似乎比后海岸边随风而摇的柳树枝还爽。

进得店来，我才发现店里倒有些老后海的味道，一水的仿明家具，古色幽香，墙壁上悬挂着不知道出自何方神圣的字画，大气清雅，门口一假山石水流潺潺，轻雾缭绕，竹帘背后隐约飘出几缕茶香，沁人心脾。啥时候换口味了？我问，孙坚得意地问我不错吧？不错，真不错！我抚摸着光滑铿亮、做工精细的椅子问，这真的假的？

瞧你说的，一水儿的黄花梨，这把椅子四万，那个茶几十万，光这个榻就花了我二十万呢，孙坚如数家珍。

等等，你说这些都你买的？我问。

孙坚上前搂住我的肩说，要不，我怎么约你来这儿呢？小叶出来，我给你们介绍介绍——

一个女孩挑帘而出，我不得不承认孙坚还是有些眼光的，这女孩很打眼，穿着也有个性，不像圈里那些女孩那么随便。

小叶，这就是我跟你说的龚老师。

被孙坚唤作小叶的女孩朝我点了点头说，龚老师久仰久仰！你们谈我去唤茶师给你们沏茶！

金骏眉吧，让龚老师尝尝我订制的茶怎么样？孙坚大方地挥手，小叶应声退下。小叶转身的瞬间，我还是从她的腰身处看出了些许端倪，我老婆怀我儿子四个月大的时候，屁股与腰就挺成一条直线了。

你光介绍我了，她是谁呀？我装傻。

孙坚指指自己又指指走出去的小叶，你这么聪明，何必用我说呀？你也知道你嫂子就给我生个闺女，我那闺女又不听话，天天玩什么非主流，你知道杀马特吗？

我摇头。

连这个都不知道，你落伍了！有媒体称他们是最后的贵族，就是整天把头发整得奇形怪状，衣服怎么不像衣服怎么穿，脸画得跟，怎么跟你说呢，你知道鬼吗？见过僵尸吗？孙坚连比带划地问我。

我摇头。

唉!我也没见过,我是通过我闺女才知道的,反正她是怎么不像人类怎么来,我怎么接受不了她就怎么做!

现在的孩子都喜欢叛逆,青春期过了就好了。我说。

孙坚说,她青春期过了,我也气死了。我不能在一棵歪脖树上吊死吧?有钱就能改变命运,我改变不了她,我就自我改变呗!

茶师过来为我和孙坚斟好茶水,孙坚摆手,你下去吧,我们自己来。

我在不同的场合喝过金骏眉,都没有今天的味道醇正,色清亮如油,叶细长如眉,入口幽香绵润。

怎么样?孙坚问。

上品。我颔首。

这是我专门在产地订制的,就是跟市场上的不一样。孙坚说,我算是看穿了,现在能拿钱搞定的都不是难事。

这么说你也用钱搞定嫂子了?默许你金屋藏娇?

哎,你别哪壶不开提哪壶呀?那个母老虎看我紧着呢,专门把她那个惹是生非的弟弟安插进了剧组,我买通不了她,我还买通不了小舅子吗?现在他跟我比跟他姐姐亲。

钱真他妈万能啊!你找我来不会是听你讲这些吧?我问。

孙坚说,当然不是了,我是拿你当好哥们儿才让你上这儿来的,咱剧组里我谁都没带来过,哥在你面前没隐私。这不,这是咱下部戏的梗概,我第一个就想到了你。胡导和老宋都提的是别人,全让我否了,这戏就得交给你,交别人我不放心。

我接过薄薄的两页纸,一目十行地看了一遍,险些将喝进嘴里的茶水喷在孙坚身上。你不是开玩笑吧?这种烂东西也能做?

咋烂呢,你瞧电视上现在播的不都是这样的东西吗?人家不都挺火的吗?孙坚将茶水给我斟满。

这题材是抗日的，但凡有点历史知识也不能这么写呀，当年日本鬼子要是那么㞞，怎么会侵略了中国跟东南亚还敢在珍珠港给美国人那么一家伙？咱抗日英雄连女人都这么神勇，那就不会有八年抗战了，抗日战争既是神圣的又是艰苦卓绝的，日本人为什么开始打得那么顺？那是因为当时的日本国力雄厚，咱开始打得窝囊纯是因为大清闭关锁国，上贪下腐——

那不是我关心的事，我只关心这个剧本拍出来能不能放？孙坚没等我说完就打断我。

我说，这一个道理呀，你几千万投进去拍完了不能放不得赔死吗？与其白干干吗不投个好本子呢？或者是事前把剧本做实呢？

我说老弟，这心你不用操，只要前三集跟后三集抓得住眼球，准保卖得出去，你算算全国有数的几十个电视台，一个电视台有实权的就那么一两个人，他们的口味决定着全国十几亿人看什么电视剧，你别把剧本整得那么神圣了，你以为你是给全国人民写呢？其实你不过是给那几十个人写呢，你不了解他们，我了解他们，干这么多年了，摸不准他们的口味，我不是白混了？我告诉你钱比什么都好使，不贿赂他们能买你的？还有那个收视率，你以为那个是代表全国观众收视比率的？老百姓谁看哪个频道电视台那儿就能统计出来？那不是糊弄小孩的吗？我告诉你给我五千万，我保证烂片也能进全国收视前十！卖书有打榜的，咱收视率也不例外，你以为这社会只有奶粉能造假、猪肉能注水？我告诉你吧，咱文化造起假注起水来比那些有过之而无不及！编剧、导演、演员谁也别在我眼里装大尾巴鹰，电视剧里缺你们谁都无所谓，三只腿的蛤蟆难找，两条腿的人有的是，哥们儿别急，我没说你，我是泛指，但要是没钱，你试试，整个剧组要是能转半天，我管你叫爹！

看着孙坚嘴角的口水沫子，我再次真切地感受到了资本的力量，也许我就是电视剧生产链条上的一个螺丝钉，不在其位就不能得到资本的碾轧和施惠，只要我还要养家糊口，我就没有清高的自由。

这么着吧，你也别为难，你把这三十集分集大纲做出来，再把前三集和后三集的剧本搞出来，其余的我找别人干，按惯例，分集大纲一集四千字，撮堆给你十五万，要行你就干，不行我再找别人。孙坚趁我走神的时候亮出了底牌。

我没有底气说不，从打上次那个剧本做完后，我还没有任何进账，而且下一次挣钱的机会还不知道何时会来临？我比谁都清楚，二流编剧吃的是碰食，就像羊吃碰头草，赶上什么是什么，别嫌稀，你没有挑三拣四更没有讨价还价的资本。

小时候我爹因为我磨蹭，曾有一次骂我说你狗吃屎都赶不上热乎的，幸亏他老人家去天堂早，不用看见他儿子我如今明知道面前是泡狗屎，还得一边拉出恶狗扑食的架势一边不忘冲主人摇尾谢赏。

怀揣着两页纸从孙坚的茶楼走出，走在后海南沿儿，婀娜多姿的柳树沾满了尘世的烟尘，一池深邃无源的水再清澈也难觉干净，岸两边酒吧茶馆艳俗的门面，狭窄的街道上摩肩接踵的红男绿女，无不奔钱而去，奔利而来。昔日清静的后海正在城市新贵的熏染中沦陷。

我脑子里不断回响着孙坚的话，我心底那点儿残存的叫艺术的东西被他打击得荡然无存，我身上那件自以为有别于他人的文人盔甲在他面前无异于皇帝的新装，非但没能替我遮丑还让我为此受辱。

烟袋斜街，门店前站着几个打扮得很另类的年轻人，看不出男女，他们的头发五颜六色夸张地呈爆炸状，似乎要打通人类与上帝的沟通管道，服饰装饰怪异，眼睛画着黑色眼影，嘴上涂着黑色唇膏，无视行人的围观，依然我行我素打理着店铺，这该不是孙坚所说的杀马特一族吧？我问他们其中的一个打扮清秀冷艳的女孩，不料她一开口让我惊诧，他是男孩，声音柔而低沉，完全没有同龄人的刚烈和气盛,先生您也对我们杀马特有成见吗?

我摇头,我只是好奇,说说你们把自己打扮得这么张扬为什么?

男孩说,我们崇尚个性和自由,我们的口号是风靡全球不走寻常路。

你们这样装束得费不少钱吧? 父母同意你们这样吗?

男孩说,先生,我们所有的开销都是自食其力的,我们只维护杀马特家族利益,也只对杀马特家族负责。我们不危害别人,别人也无权干涉我们,就像大自然有秃鹫也有孔雀,您难道只希望秃鹫生存吗?

我摇头。

您还有问题吗?没问题我要去招呼顾客了。小男孩彬彬有礼。

我无言离去,说实话,我心里开始对他们心生些许敬意了,相比连腐肉都不放过的秃鹫我还是更喜欢自恋娱己的孔雀,个性和自由,对我来说太奢侈,当我向生活低头的时候就再也与它们无缘了,也许这回一向兴风作浪的媒体说得靠谱,杀马特可能是这个时代最后的精神贵族。

再见到孙坚是我将分集大纲交给他一个月后,他只付给了我五万元,余下的十万元他说开机就付我,可听说他拿到分集大纲一个星期就开机了,雇了两个中戏编导系的年轻小伙子做枪手现场写台词,我给他打了好几次电话,他都说在片场,忙得四脚朝天,每次都让我缓缓,有余钱了马上打到我账户上。我知道他在敷衍我,要等他主动付钱除非太阳从西边出来。我决定去片场堵他。

片场在京东一个影视基地, 我赶到的时候已经临近中午,找到剧组时,几个配角演员正聚在一起打扑克,我问他们孙坚在哪儿,有人告诉我说,男一号因为略感风寒罢演三天了,估计这会儿孙坚正在宾馆求爷爷告奶奶呢。

我开车按照他们告诉我的宾馆去市区里找他，看来在有钱人面前钱也有不好使的时候。通常一部投资四五千万的片子，如果请的是一线演员，尤其是正在峰头上的男演员一集七八十万，三十集下来他们就拿走了全部投资的二分之一，剩下的二分之一女主角、导演再分走一半，余下的才轮到一般演员和剧务们，这几乎都成了行规。

宾馆很好找，这个地级市里唯一一家五星级宾馆，尽管没有北京同等星级的宾馆气派，倒也有一种土豪的霸气，宽敞气派，金碧辉煌。刚进宾馆正欲向前台服务生打听男一号的住处，就见孙坚带着几个膀大腰圆的壮汉从宾馆门口急匆匆走过来。莫非有人给孙坚通风报信了？这些人是对付我的？我闪在一边静观其变。

孙坚沙哑着嗓子对那几个壮汉说，记住了518房间，你们进去二话别说就把他给我抬出来，一直抬到片场。

一个显然是个头目的壮汉拍着胸口说，孙哥，你放心好了，这事包我身上，他就是尊神今儿我也保证把他给你撂到片场去！走，哥儿几个！

我走过去，拍了拍正在擦汗的孙坚，没想到孙坚像受了惊吓的兔子样跳了起来，待定睛看清楚我才舒了口气，你怎么在这儿呀？

我说，没事，来看看你，你们这是演的哪一出呀？

孙坚把我拉到一边，你都看见了？我也不瞒你，那小子要大牌，就鼻子有点儿不通气戏就不拍了，你说我容易吗？这几十号人吃喝拉撒睡，再加上每个人的片酬，一天就是一百多万呢！他歇三天了，再不去戏就没法往下接了，我找了几个黑社会的，他不仁休怪我不义！说出大天来我今儿也得给他鼓捣片场去！他他妈一开始来就跟我装孙子，大伙都住的是四星级宾馆，就他非得住这五星级的，这小城市就这么一个五星级宾馆，总统套一共才两套，是人家市领导专门接待上边大脑袋们的，我求爷爷告奶奶给他拆兑出一套,你知道房费一天就多少?打完折五千块!你说你住就住了吧,他的助理还得住套房,他探班的七大姑八大姨来也得住套房,这不是明摆着吃大户吗?

我知道孙坚说的那小子是谁,一个仗着外表英武实则没什么演技,但却赢得了不少追星族的男演员,我说,你还是有钱,不是你们这些制片给他捧的? 现在知道搬起石头砸自己脚的滋味了吧?

你是饱汉子不知道饿汉子饥!现在电视台只要是他演的男一号,不审就买——

孙坚的话没说完,就见电梯间拥出一群人来,男一号扒着电梯门不肯出来,几个大汉仰面朝天将他抬起,气势汹汹地举出宾馆,他的助理跟在后面大呼小叫着,服务生跑过来问究竟,孙坚阻挡说,彩排! 彩排!

孙坚拉我冲出宾馆,你的车呢,快! 跟在他们后面! 我慌忙发动了车子。

大街上,男一号挣扎着被四个壮汉托举着朝片场方向走去,行人追在后面看热闹,远处有交警过来,孙坚眼尖让我提速开到交警身边停下,孙坚下车朝警察迎过去,点头哈腰地解释着什么。

一瞬间我忽然觉得,眼前的这一幕幕比我写的剧本还精彩,生活本身就是一场大戏,每个人都是戏中人,本色出演,浑然不觉。

片场,男一号甩着被抓疼的胳膊和腿,不情愿地进入了角色。孙坚见一切按部就班,这才想起身边的我来,问我有什么事? 我说,你赶紧把那十万打我账上,你忙我也不给你添乱。孙坚拍了下脑袋,装出猛然醒悟的样子,你瞧瞧我忙得,我记得交代财务了,你等等,我打电话问问财务账上现在有钱没有?

我说,你不差这点儿小钱吧?

孙坚刚要说什么,他小舅子走过来,递给孙坚一张纸条说,昨天拍室内戏时不小心把主家的青花瓶子打碎了,人家要赔一万。

一万?就那么一个仿制的花瓶?他也太狮子大开口了,满大街都是那玩意儿,一万我能给他拉一车去！一千,多一分也不给,就说我说的！孙坚有些气急败坏。

一千?你去跟主家说去,我可搭不起那个脸,下边还得五集在人家那儿拍呢,怎么你也得给个三四千的才顺得过去呀?是不,龚作家?

我不好表态,只好耸了耸肩。

孙坚抓过条子在上面飞快地写了一个2和三个0,对他小舅子说,我告诉你呀,你别吃里爬外,别以为我不知道你那点儿猫腻,你准是想多要点跟主家私分去,你要是再碰那玩意儿,我就让你姐把你领回去！上次你买的那套演出道具多报了一半开销,你以为我不知道呀?

人家不给那么多钱不卖,你不是火上房急等用吗?人家宰的就是咱们这样的,天地良心,是剧务小王跟我一块去的,不信你问他去！孙坚小舅子辩解。

我还不知道你们,没一个好东西!还磨蹭什么?去带龚作家一块去财务,先给龚作家支三万稿费,就说我说的!我去瞧瞧那王八蛋拍咋样了！别他妈出工不出力毁我！

孙坚说完就朝片场走,我反应过来追他,哎,哎,什么三万,十万！

孙坚小舅子拉住我,走走走,跟我找财务去！你犯什么傻呀?先把三万拿到手再说,你不是不走吗?晚上等他喝高兴了再找他磨呀！反正你有的是时间,磨烦了他就给你了！别翻脸,翻脸下次还合作不?

我大老远地跑一趟,他三万就把我打发了,当我是要饭的呢！我生气可也觉得孙坚小舅子说得有道理,先把三万拿到手再说,就按他说的办,等孙坚晚上有空儿了,我再跟他软磨硬泡,不给我算清了,我就不走。

晚上,一直到吃完饭都没见孙坚的影子,敲他的房间也没人,我去找孙坚小舅子,房间里,孙坚小舅子正在和几个人吞云吐雾,见我进来他们有些慌张,孙坚小舅子一边和他们解释说不是外人,一边把我拉到走廊里,告诉我说孙坚去陪副市长吃饭去了,副市长主管文化,对剧组拍摄和片场租用都鼎力相助,接下来还需要副市长出面免费雇用文化系统的一些群众演员,孙坚组织了一个场儿,副市长出面和有关单位协调,孙坚小舅子说,今晚没戏了,他不喝吐血都回不来,你还是踏实睡觉吧,啥事儿明儿再说吧。

老婆打电话问我情况,我说今晚恐怕得住这儿了,要齐了钱我就回去。老婆又问剧组女主演是谁呀?我说到现在为止我还没跟孙坚正经说上几句话呢,我还有闲心问女一号是谁?是谁干我什么事?你问这干吗?老婆没好气地说人家就那么随口一问,你神经过敏呀?没劲!

不等我说话老婆就挂断了电话,我正欲回客房休息,看见两个美女搀扶着醉醺醺的孙坚走了过来,我等在孙坚的门口,孙坚晃着脑袋看清是我,大着舌头问,你,你不是支钱了吗?怎么还在这儿?

我说,你欠我十万才给我三万,你把那七万给我,我马上就在你眼前消失!

老是钱钱的,俗不俗呀?咱哥们儿之间还在乎这个?哥哥我挣钱了能亏待你吗?你们说是不是呀?孙坚问搂着的两位美女,你们谁去替我陪陪龚作家?下次我就让龚作家给你们量身定做一个剧本!准让你们一炮走红!

我还没有来得及反应,个儿高些的美女就扑了上来,您放心吧,孙总,我保证替您把作家伺候好!

我几乎是被美女裹挟着来到客房,又被她裹挟着倒在了床上，酒气和香水混合的味道让我眩晕，我知道这里面有酒精的力量，我很想奉劝一下女同胞，与你老公之外的男人出去千万别喝多了，酒能乱男人的性更会让女人失态。

我承认有那么一刻我迷失在美女摧枯拉朽式的攻势里，因为这有点颠覆了我与女人的床上模式，我的大脑迅速复制着过往的经历，试图通过比对扳回被动的局面，如此生猛的女人我还是第一次遭遇，通常掌控局势的是我。

这个时候，一个女人的脸忽然横亘在我与压在我身上的美女之间，那么突兀，不合时宜，我试图将她逐出我的意念，而她固执地看着我，我与她较量着，难分上下。

直到听见美女一声怪异的惊叫，你阳痿？我才尴尬地发现我已经被她赤身裸体地横陈于床上，而我那个时常让我醉生梦死的尘根却像被谁施了魔法般拒绝勃起。

我看着眼前的美女，睫毛油让她的眼睛像两盏发光的黑灯笼，厚厚的粉底，猩红的嘴唇，我能想象出她卸了妆的样子，她不是“她”，真的不是她！我猛地坐起，快速地穿上衣服，抓起装着钱的挎包夺门而去。

深夜的京沈高速上，我的那辆已经跑了十多万公里的破车开得快散了架，我自己都能感觉到马达的轰鸣就像我的心在隆隆作响。

苑晴，你在哪儿？为什么你会在那个时刻出现在我的脑海里，我们分开这么久了，你还在影响着我，让我每每意识与身体脱节，在该开始的时候停止，在该停止的时候开始？

开车疾驰在京沈高速路上，回想着我与苑晴在一起的每个场景，它们在这幽暗，秋雾弥漫的深夜竟历历在目，直到现在我才明白，那个令我心疼的女人，那个刻意被我遗忘的女人自始至终从未走远，她就在我心里的某个角落，当我迷失或者浮躁的时候悄悄地出来提醒我该做什么不该做什么。

孙坚他们说我从乳山回来后变了个人，我那时还矢口否认，而现在我才真正感觉出自己的改变，自从与苑晴相识，自从她告诉我她的经历和伤痛，那个昔日轻浮、随波逐流的我不再随性而为，她潜移默化地修正着我，让我每每面对诱惑不再无所顾忌，我那颗喜欢离经叛道的心现在会经常自省，那么做会不会重蹈她丈夫的覆辙？这样做我是否已准备好承受命运的惩罚？

如果说这之前的我是一匹脱缰的野马，而现在我已经被良心的缰绳牵住，再怎么折腾也折腾不出圈了。我真该把这感受告诉老婆，今后她不必对我疑神疑鬼了，她不知道夫妻之间靠责任、感情和性编制成的纽带如果没有良心的嵌入就会细若游丝，指望它是拴不住男人的。

我娘活着时最爱说的一句话就是头上三尺有神明，她老人家没有想到，直到今天我才明白这句话的含义，没有良心的人是感受不到神明的，因为神明从来不在头顶而在每个人的心底。

黎明时分，我回到了北京。夜漆黑宁静，北京城还没有醒来，相对于白昼的喧哗我更喜欢此刻宁人息事的北京，它宽宏、厚重，祥和的背后有种大海的包容，我对这份安宁感觉从未有过的亲切，回家的感觉真好。尽管我还没有想好如何回答老婆的盘问。

家里没有人，老婆昨晚可能知道我不回来住到娘家去了，我像被大赦的囚徒，迅速脱光了衣服，走进了浴室，并把脱下的衣服通通扔进了洗衣机。

天亮的时候，我在床上躺成了个大字，安然入睡。

十、丧家之犬

我以为我和苑晴之间发生的一切像《廊桥遗梦》,随着时间的流逝会发酵成男女主人公心底甘冽的美酒,有朝一日用来滋润老去的心灵,我以为,我以为,我以为,我没想到事情从来都不是我以为。

那个周末,老婆在做家务,而我正在网络上游荡,一则诗人们的口水仗吸引了我,想着自己幸亏退出了诗坛,幸亏早就知道那块园子已经不再是良田,若不,我也会穷途末路,穷凶极恶,说不定也会如海子看不到希望。现在的我尽管出卖了部分灵魂,却活得衣食无忧,至少在外人看来相当体面。

正在我为自己庆幸的时候,两个警察敲响了我家的门。

接下来的事情,令我的命运发生了逆转,让我用心谋划的生活用心保护的家庭在顷刻间坍塌得无法收拾。

警察问,你是龚成?我点头。两个月前你去过乳山银滩吗?我点头,问怎么了?那么这个女人你认识吗?警察拿出一张照片,我一眼就认出了,她叫苑晴,我认识,怎么了?警察说,她死了,被人谋杀了。我惊恐地跳起，不可能，我走时她还好好的，怎么可能——?我说不出那个死字,我的脑海里至今还是她翩翩而舞的身影,那么鲜活而靓丽的女人怎么会消失呢?

我们想知道你和她交往的所有细节，希望你配合我们调查。警察在询问完我最近的行踪后严肃地对我说。

我知道我想隐瞒的一切都隐瞒不住了，可是，我看着站在一旁比我更惊恐的老婆，对警察说，可以让我的老婆回避一下吗？这件事情与她无关，她完全不知情。我想，即使瞒不住老婆，也不能让她在这种情况下，知道我与苑晴之间的一切，那一切我会亲口讲给她听的，不管她是否会原谅我，不管我要承担什么后果，都不该在这种时候，让她以这样的方式知道一切。

警察说，好吧，我们单独谈，但是你要对你说的话负责。

苑晴一个星期前被发现死在了自己家里，她是窒息而死的，让她致命的是那个我枕过的软枕头，身体没有被强暴的迹象，财物也没有丢失，门窗也没有撬痕，不像谋财害命也不像图色害命，谋杀似乎是熟人所为。

警察之所以找到我，是因为在她的电脑上他们看见了她写给我的一封信，警察将U盘插入了我的电脑——

你好，作家，尽管你没有告诉我你的真实情况，我还是在网上查到了你的一切。我知道你之所以这么做，是不想再与我联络，我能理解，如同理解我的丈夫。同时，我也知道你没有在这里买房，也是因为我的原因吗？如果真的是这样，因为我让你失去了在海边拥有一所房子的梦想，那我真的是罪过了。

知道吗？你是今生最让我心动的男人，我以为我的心已经死去，我以为我已经不会再爱，可是命运偏偏让我遇见了你。我大你四岁，好像我的诞生只是为了等待四年后的你呱呱坠地，好像我四十年的人生只为了等你人海茫茫中遇见我的那一刻。

这就是人们通常所说的缘分吗？可它为什么来得这样迟？

该发生的都已经发生了。我告诉你的那些除了我没有告诉你的之外，都是真实的，如果你有一天在别人那里知道了我的一切，我希望不要有那么一天，请相信我相信那些我没有告诉你的不是想对你隐瞒什么，而是我有不说的理由。我希望有那么一天，当你老了，你还会来银滩，那时候，我肯定也很老了，你再陪我去看一次落日，那时候，我会告诉你没有告诉你的一切，我希望自己在离开这个人世前走得轻松些。你会来吗？我会等到那一天吗？

知道我为什么喜欢大海吗？投入大海的怀抱就可以洗去身上的污浊，我希望有一天能在它的怀抱里忘却一切。

还记得我说过要送你一件礼物吗？我知道我活着给你，你是断不肯要的，而我知道我是个没有未来的女人，人生对我来说已经足够精彩了，我相信没有几个女人有我这样的经历，有时候我感觉自己好像是个不死的女巫，人家活几辈子的事都让我这一辈子经历了，每当面对月光下的大海时，我都感觉到了它对我的召唤，我拿不准什么时候会应召前往。

感谢你为我做的一切，假如上天还给我感谢你的机会的话。

一个想忘记你而又无法忘记你的女人

说了你都不会相信，其实我比你更不相信这是真的，我可以在剧本剽窃别人的经历，却无法让人生与常人雷同。

警察随即拿出一份文件，这份文件是一份赠与声明，声明上赫然写着，我愿意死后，将我现在居住的房屋无偿赠与龚成，以示我对他的感激之情。

文件的署名是苑晴。

天哪，莫非苑晴那晚说要给我一样东西让我记住她，难道说的就是这套房子？

离别的前一个晚上，苑晴为我跳舞，直到跳得气喘吁吁地坐回到床上，坐回到我的怀抱里。我对她说，你真美，跳舞的时候根本看不出你的年龄。苑晴说是吗？那你会娶我吗？我当时没有想到她会这么问我，我说，下辈子吧，下辈子我来这里找你。苑晴说真的吗？我说真的。苑晴说那好吧，我会给你一样东西，让你这辈子记住我，让你下辈子能找到我。我以为她在说玩笑，因为我把我们之间的对话视作了两个成年人之间的戏言，许诺来生从来都是一个美丽的谎言，哪个心智成熟的人会拿它视作诺言呢？

没想到苑晴竟然当了真。

这么说，她知道自己将不久于人世？或者计划不久于人世？我问警察。

警察说这也是我们来找你的原因，她这么做，你应该知道内情。

我知道麻烦来了，大麻烦来了。

按照警察的推论，苑晴的死我是唯一的受惠者。这案子一天破不了，我就一天难脱干系。可是，我知道什么呢？短短的十天，我知道的只是苑晴告诉我的那些。我知道坦白并不意味着从宽，可是不坦白我还能怎样呢？

我向警察坦白了我所知道的一切和发生在我和苑晴之间的一切。口干舌燥后，警察问我，没了？我说没了。警察说，我们会调查你所说的一切的，在我们查证一切属实之前，你要保证我们能随时找到你。

我只好将朋友和亲属的联络方式提供给了警察，我回忆起苑晴死的那天我去了片场，找孙坚讨要我的稿费，那天晚上孙坚让那个高我一头的女演员陪我，我落荒而逃，后来孙坚电话里还骂我假正经，对了，我之所以落荒而逃是因为那一刻苑晴出现在我的脑子里，让我无法集中意念支配身体，好事未成。

莫非这世上真有鬼魂一说，苑晴死后化作鬼魂阻止了我？我感觉后背一阵发凉。

我知道，那些朋友给警察证明完马上就会在朋友圈里出卖我，不久网络上肯定就会出现一条更爆炸性的新闻，某电视剧编剧涉嫌谋杀。

其实，这并不是我真正在乎的，我真正在乎的是老婆对我的判决。我以为我做得人不知鬼不觉，我以为我小心谨慎怎么也不会走到苑晴丈夫的那一步，我还是没有逃过今天。

警察走后，我将讲给警察的一切如实地讲给了老婆，老婆看着我像看着外星人，她什么话也没有说，只是招呼在外面玩耍的儿子说，走，跟妈妈去姥姥家。

我上前试图拉住老婆，我恳求她冷静点。老婆看我的眼神决绝而冷酷，我还不够冷静吗？我留下来能帮助你什么？能做的你全做过了。你这些天集中精力对付警察，不要因为顾及我和儿子分心。等你证明完自己清白了，再来谈我们之间的问题。

望着老婆决绝的背影，我知道维系我们感情的那根纽带因为我的自作聪明已经细弱游丝，很难经得起任何的风吹草动了。

屋漏偏遭连夜雨，警察去找孙坚的剧组取证时，有吸毒贩毒前科的孙坚的小舅子刚一见警察就吓得尿了裤子，孙坚的老婆为让孙坚管住她这个不争气的弟弟，特意让孙坚在剧组给他找了个差事，为的是好看住他，没想到却撞到了枪口上。

孙坚的小舅子昨天刚给毒友搞到几包毒品，以为是警察抓他来了，还没等警察说明来意下面就失禁了。搂草打兔子，送上门来的立功机会，警察自然不会放过。

警察刚走，孙坚的电话就打了过来，我能想象出他气急败坏的样子，他骂我装什么孙子？自己惹了祸还连带他倒霉，早通知他有警察来取证，他就打发他小舅子躲起来了。我说，我说了一大堆人，谁知道警察偏去找你？再说，你小舅子那是做贼心虚。孙坚说，你不做贼怎么也让人家当贼了？跟我们面前装大尾巴鹰，去外边拈花惹草，惹草你就惹草吧还卷入了命案，你不是写剧本写迷瞪了，把自己也写进去了吧？我告诉你，我小舅子要是花点钱能出来还则罢了，要是我老婆因为这跟我没完，你丫也别想消停！还跟我要那七万块钱？这回捞我小舅子十万能够了就不错，事是你惹的，钱咱俩得对半劈，你别跟我磨叽，算咱俩倒霉，花钱消灾！

孙坚嘴巴真损，我自知理亏，也确实是因为自己给他添了腻歪，只好一副死猪不怕开水烫，任由他发泄。

俗话说好事不出门，坏事传千里，一个剧组里同时出现涉嫌谋杀和吸毒贩毒两个嫌犯，很快就被好事者贴到了网上。如今的网络其实不亚于“文革”，杀人不见血，那种传播速度简直可以和光速媲美，有时候真枪实弹并不可怕，它杀死的只能是人的肉体，只要不是战争年代，只要你不往枪口上撞，你就不会是牺牲品，可是人们往往忽略了网络的力量，网络上的流言飞语足以让一个人的精神彻底崩溃，你甚至在毫无防备的情况下就做了网络暴民的牺牲品，那种看不见的血腥让人死得不知其所。

我的博客被迫关闭了，那篇该死的文章一天的点击率就突破了几十万，有好事者人肉搜索到了我的博客，将他们不知道积攒了几辈子的仇恨和恶毒倾倒在我这少人问津的园子里，我开博原本是想扩大知名度，引起制片或导演关注的，万一他们哪个看中了我的才华，赏我个剧本做，我也没白忙活。这下可好，制片导演一个没来，却遭到无数狂徒拍砖和灌水，到处是诋毁谩骂的帖子，这情景让我想起了我娘曾经和我学说过的“文革”批斗会，我仿佛是当年的我爹，站在万人会场上，头戴纸糊的高帽，像那些他曾教过的学生和家长谢罪，我爹生前是乡村教师，我娘说我爹自打那以后在人前再没抬起过头来，他把埋在心底的怨气全都用来骂我了，不到五十就得了肝癌。我儿子还小，我不能学我爹，我忍痛关了博客，眼不见为净。“文革”虽说过去许多年了，却留下了全民狂欢的后遗症，那些骨子里喜欢带头振臂高呼的人把阵地转移到了网络里，这里有他们的信徒和生存的土壤，法不责众，且骂死人不必偿命，现实社会里找不到如此无法无边的地方，网络已经沦陷为法场。

我知道我算是彻底地别在演艺圈里混了，编剧生涯也混到头了，同时混到头的还有我的婚姻。

老婆自从那天走再也没回来，再给老婆打电话时，无论我说什么，怎么解释，老婆都沉默不语，我知道她比我的压力更大，无论多少人知道这件事情，只要我不出门，就可以掩耳盗铃，而老婆天天要上班，天天要面对熟人、朋友，更主要的是老婆时时刻刻还要承受我的不忠带给她的打击，苑晴曾经和我说过她第一次发现丈夫外遇时的心情，我知道我这一生最对不起的人就是我老婆了。

警察来我家通知我可以排除我的嫌疑了，我将电脑打开，苦笑着对警察说，我已经在这里被判极刑了。

警察姓窦，窦警官说，我们之所以找制片人没有找一般演职员目的就是出于为你保密，觉得制片人怎么觉悟也要高些，没想到出了那么个状况。

我问警察，那我现在的名誉怎么办？

窦警察说，谣言不攻自破，这种情况我们替你澄清只能起到越描越黑的效果。再说了，不是有那么一句话吗？如果你太在意别人的看法，那你的生活就像一条裤衩，别人放什么屁你都得接着！你现在不能只考虑到自己，想想那个女人，你现在最该做的就是仔细回忆你和她在一起时都有哪些端倪，尽快帮我们找到破案线索，你才能彻底摆脱这件事情对你的影响。

想想也是这个道理，两天里，我彻夜未眠，除了穷于应付这突发状况，更多的是在为苑晴痛心。我恨那个凶手，他让我为苑晴做的一切都失去了意义，我曾经期望她会如我剧本里写的那个女主角一样振奋起来，期望她后半生幸福快乐，而今，我想让活下去的女人没有活，我不想让活的女人却在剧本里活了过来。

我能做什么呢？我还能做什么吗？

我问警察，窦警官，我可不可以参与你们的调查？

窦警官有些惊讶，这种命案的调查是无期限的，有的有可能永远也破不了案，你准备放弃你的工作和生活了？我说，目前这个状况你让我做什么做得下去？而且我和我老婆都需要时间冷却一下，也许我出去一段时间对所有人都没有坏处，再说了，也是因为你们的调查才让我的生活混乱不堪的，你们怎么也得给我点补偿和安慰吧？

窦警官说，那我还要请示一下领导，我自己无权答应你。

窦警官给领导打了电话，说了我的大致情况，领导还算开明，讲好一切费用自理外，同意我参与他们的调查。窦警官说，你没准还因祸得福了呢，说不定你一路调查下来，一个好剧本就出来了，到时候，别忘了分我们稿费啊。

就这样阴错阳差，我做了编外警察。

临走前，我给老婆留了封信，信里告诉她，我对不起她，等我回来后，一切都听凭她处置。我没敢给老婆打电话，我知道她在气头上，如果纠缠起来，我就走不了了。我带了几件随身换洗的衣服，带上电脑和银行卡，坐上了警察的车。

窦警官打量着有些狼狈的我说，怎么感觉你好像是在胜利大逃亡？

我说，我倒觉得你说我像只丧家犬更准确些。

十一、“编外”人生

如果说以前我的人生杂乱无章的话，可到底还是有迹可循的，别人该长大的时候我也没忘记长，别人该读书的时候我照样混了十六年，娶妻生子一样也没被别人落下，尽管这个过程我远比别人跌宕，可到了我的母亲还是看见了我老婆日益隆起的肚子才撒手人寰的。

现在，我感觉我三十几年的人生如同悬挂在天空的摩天轮，承吊着我的尊严、地位、名誉、财富、家庭以及幸福人生必不可少的一切东西，它们原本随着摩天轮的匀速运转着，忽然之间被命运之手施了魔法，巨大的加速度让它们偏离了常轨，时刻有飞出九霄之外的危险，我试图力挽狂澜，却发现我努力的结果无非是加大了它们的离心力而已，除此之外，毫无用处。

我一直搞不明白，苑晴为什么要把房子赠与我？只是因为那十天的邂逅吗？我自觉得我为她做的一切不足以让她施予如此重礼？在我的逻辑里，女人的一生里做出这样重大的决定应该只有两次，一次是嫁人，将一生施予男人，一次则是在离开人世前将房产施予后代，女人的这两次施予都应该是她生命里最亲的两个人，而我与女人非亲非故，是什么让苑晴做出了如此不合规矩、有悖常理的决定呢？我百思不得其解。

一路上，我与窦警官探讨着这个问题，窦警官说，如果你推测的都是正确的话，那么只有一种可能，就是那个女人爱上你了。

不可能！我断然否认。

先别忙着下结论。窦警官说，其实，每个已婚女人的心里都有两个男人的影子，一个是她生命里的真实男人，一个是她理想中的隐形男人，女人的婚姻是否幸福，其实不取决于她嫁了什么人，而是取决于她嫁人以后，如何处理她心目中这两个男人的关系。

想不到窦警官还是个心理学家？说说你的理论。我很好奇。

窦警官说，犯罪心理学是做警察的必修课。如果婚后的女人能很快地把生活里的男人与理想中的男人合二为一，那么说明女人成功地渡过了青春期，作为一个心理成熟的女人她以后的生活会少些摩擦，如果女人心中的这两个男人始终是分割的，那么这个女人在婚后的生活里会不停地将生活里的男人与她理想中的男人做比较，比较来比较去的后果不是同床异梦就是分道扬镳。

你说得有道理，可是我听不出来这和我有什么关系？我不明白窦警官话里的意思。

当然，你和那个女人不是婚前认识的，但是，你却是女人万念俱灰后遇到的最理想化的男人，就像是一块燃过的木炭，她以为她已经燃尽了，成灰了，没想到你点燃了她，她以前也被点燃过，可那时她是块木头，只能一寸一寸地燃烧，现在不同了，她是一块炭，你知道炭是怎样燃烧的吧？先是慢热达到燃点后，通体燃烧，如果你不是个已婚男人，如果你当时能娶她的话，我想，别说一所房子，就是要她的命她也会给你的。更何况，那个女人她可能猜想到了，你之所以没有买海景房，是因为她，不想进入她生活太深，而影响她今后的生活，你给她的感觉恰恰与她心中的爱重合了，她送你一所房子是想回应你的爱。

窦警官的话让我心头一沉，在我心里我与苑晴的邂逅只是中年人之间的一次理性的放纵，如果不是后来夹杂进了许多我本不该知道的事情，那么这次邂逅不会有别于我与其他女人的擦身而过。

我真的给了苑晴爱的感觉吗？如果真如窦警官所言，我给予她的这种爱的错觉，对于她是喜还是忧？对于我是幸还是不幸？我发觉我的思维空前的混乱，一切都在出乎我的掌控之外。

那么谁会对一个毫无缚鸡之力的女人下此毒手呢？我问。

窦警官说，我的直觉是两种可能，一种是仇杀一种是情杀。依照目前的种种迹象，苑晴似乎知道她生活在危险之中，若不，她不会提前安排后事。所以，我们的下一站是要去苑晴的家乡，调查她生前的所有关系。

我不得不承认窦警官分析的有道理，可是这个时候的我心里却忐忑不安起来，我不知道接下来会发生什么？一种毫无准备和防范的旅程不适合我，多年来，我已经习惯于在做某件事情之前提前考量它的利弊再采取行动，可是，无论我多么忐忑，都没有了回头之路，我在心里一遍遍问自己，不这样，我还能怎样呢？

一路上我都在脑子里勾勒着那个杀人犯的形象，他一会儿儒雅风趣，好色风流，一会儿五大三粗，邪恶荒淫，苑晴生前一定与他有着千丝万缕的纠葛，不然那人不会痛下毒手的。

打量着旁边浑然入睡的窦警官，我忽然觉得如果我穿上他那身警服，说不定会比他做得更好。编剧虽然与警察不是在同一个职业范畴，但是察言观色，揣摩人的心理是一个好编剧应该具备的基本功，否则怎么能刻画好人物？编纂好故事呢？

我正了正脊柱，抖落掉了刚见到窦警官时的畏惧，他无非是衣服与我穿得不一样罢了，肚子里没比我多长二两杂碎，我当初畏惧的只是他身上的那件警服，想想挺可笑的，要不是心里窝藏了太多见不得人的猫腻，我何必杯弓蛇影，惧怕他身上那层皮呢？我那些猫腻除了我老婆能审判我，好像我的良心不自我审判没人能奈何我了，根本不在法律的管辖之内。

接下来的旅程我信心满满，我相信自己的智商，接下来的事情指不定谁依靠谁呢？

苑晴的家乡是一个中等的平原城市，它不同于其他城市的显著特征是，它所有的街道的两旁都是粗壮茂盛的梧桐树，两侧的树干在道路的上空交错着似无数条手臂护卫着这个城市，不仅如此，历经沧桑的梧桐树还让这座城市平添了许多历史感，不像那些绿化的如同花园的新兴城市，尽管美丽但是却让人感觉不出分量，如今的社会新鲜刺激的东西比比皆是，让人觉出沉重和分量的东西少之又少。

我所以注意这些，实在是因为我的特质，做过诗人的人什么时候知道做事应该直奔主题就和常人没什么两样了。

在我还在欣赏这个城市的时候，窦警官他们已经开始工作了。

是当地的警察陪同我们去苑晴生前的单位的，群艺馆的领导说，苑晴已经辞职三年了，辞职后根本就没和单位联系过。窦警察问，她除了和贺岚有过矛盾外，和咱单位其他同事关系怎样？窦警官问，领导说一般吧，我们单位的性质基本上属于联合国，各科室负责各科室的工作，互不搅扰。苑晴这个人平时不怎么爱说话，工作上没得说，这么多年来她是我们单位得奖最多的，可惜了好人没好命，好人不长寿。她离婚的事情我也是事后才听说的，当时我劝她不要离婚，还去艺术团找了她丈夫，人家她丈夫不离，是她非要离，如果不离婚，也许就不会是今天的结果，家破人亡何许啊？

窦警官说，她离婚的事情谁最知根知底？领导说你们应该去艺术团问问。我问，她没有亲人吗？领导说，没有，苑晴是随母亲改嫁到这里的，她父母几年前都过世了，有一个哥哥是她继父的儿子，在东北什么地方上班，好像他们自从父母死后就没什么来往了。

窦警官问，她平时和什么人有过节儿吗？领导说，没有。要说过节儿就是和贺岚的过节儿，可是现在两个人都不在了，咱都是外人，怎么能知道内情呢？传闻都是传闻，那都不是真凭实据，在你们这里是做不了数的，而且她们都是我这个单位的，这事情出了之后，我的压力你们可想而知，好听的说我领导无方，不好听的不定说咱单位怎么乱呢？这件事情好容易随着苑晴的辞职平息下来了，谁知道现在她又出事了？我知道你们是想找出杀人凶手，可是我们单位所有的人都不知道她辞职后去了哪里，谁会去那么远的地方杀她？我拜托你们低调调查这件事情，有什么情况我保证配合，要不，又该满城风雨了。

从苑晴单位出来，窦警官和我直接去了艺术团。艺术团里冷冷清清的，我们直接奔了团长室，没想到团长室大门紧锁，办公室一位主任接待了我们。主任说，看见没有？自从我们团长出事后，艺术团就垮了。到现在已经换了三任团长了，都没干长的。我问，怎么会是这样呢？主任说，这么多年来都是我们团长一手经营，你说是编还是导？是管理还是外联？没有一样我们团长不是内行。现在像这样懂行的人哪里找去？水平高的请不起，请得起这小地方人家也不愿意来，水平低的想来，又领导不了，一来二去的就散摊子了。不过，这回换的团长没准能镇得住，她原来就熟悉我们团，给我们团导过戏，是我们团长的老朋友。

女导演?！我想起苑晴曾经和我说过的那个和她丈夫有染的女人。我好奇地问，你说的团长的朋友是男人还是女人？

是个女人，曾经做过我们团的导演，对了，她和我们团长以前关系不错，明天来上任，你们可以和她聊聊。主任说。

窦警官又问了些其他情况，主任介绍了些团长夫妇生前的生活琐事，听不出对破案有什么帮助。主任送我们出来时说，这两口子之间的事情外人是说不清楚的，依我看再怎么着，团长两口子都不该离婚，离婚是两败俱伤。

我承认，主任说的是傻瓜都明白的道理，可是当事人文化素养都不低，怎么会不明白这个道理，而情愿去做傻瓜呢?这其中必有让他们不得不傻瓜的苦衷。

站在梧桐叶凋零的大街上，想象着那个和我有过肌肤之亲的女人活着的时候曾经无数次在这条街上走过，想象着她优雅的身影怎样掩盖着内心的焦灼一次次穿越路人的目光，走向自己无法预知的将来，我的内心恨不得时光倒流，那样，我就会有无数次机会伸出手，拉住她执拗的脚步，让她的理智停止在智者的区域。

回到旅馆，我想和窦警官分析下一天的调查结果，没想到窦警官说，作家，我看我们今天还是休息吧?明天我们调查还得继续呢。说完不等我表态就道了晚安。

不知道是窦警官卖关子还是他们有纪律，总之独自回到自己屋里的我感觉有些不舒服。不舒服也是自己找的，只要能找到杀害苑晴的凶手，自己就委屈点吧，蜷缩进被窝时我安慰着自己，可是，我的心情并没有随着自我安慰而好起来，想象着此时此刻老婆和儿子不知道在做什么?儿子还记得不记得我的模样?这件事会在他幼小的心灵里留下影像吗?父亲形象的过早坍塌，长大后他会不会因此而蔑视我?

想象着那些熟悉的离自己已经远去的生活再也不能拥有，巨大的孤独感包围了我，我感觉另一个我正在脱离我的身体，飘忽在黑暗的上方嘲笑着我，我已经听见了那恶毒的不能再恶毒的讥讽了，活该！玩火自焚！咎由自取！

这一夜噩梦不断，梦里的我变成了一个乞丐，沿街乞讨着，凄风苦雨，无依无助。走到一扇门前我停下了，我发现这扇门是那么熟悉，院里一个女人正在和一个孩子玩耍，我仔细辨认着，那女人是我老婆，孩子是我儿子，我正欲朝他们奔去，脚下一绊摔倒在地，眼见着老婆拉着儿子远去，我急切地呼喊着，却发现怎么也喊不出声音，我猛然惊醒。

醒来的我有一瞬间竟然不知道自己身处何地，望着漆黑的窗外，我平生第一次体验到了那种被人彻底抛弃的滋味，难以名状。

十二、自圆其说

走访完苑晴夫妇的单位，窦警官又带着我约见了两个女人，这两个女人不说你也能猜到，都是和苑晴丈夫生前有染的女人，一个是女导演，一个是霞。

约见女导演时，是在艺术团的剧场，不知道女导演为什么不选在办公室？剧场不算很大，但是人不多的时候感觉也是异常的空旷，台上帷幕低垂，似乎一切准备就绪，在等待主角出场。

女导演坐在台下前排的座椅上，我和窦警官走到她身边坐在了她旁边。女导演抵触情绪很强，她充满敌意地打量了我和窦警官半天，才开口说，我本来觉得噩梦已经结束了，没想到你们又让我有了天黑的感觉。

女导演的话让我心头一震，我再次打量起这个初次见面感觉并不怎么样的女人，她的长相确如苑晴说的有点女人男相，眉眼大而阔，豪爽中少些女人的柔弱，尤其眉宇间两道向上耸的深纹，似乎都该长在审时度势的男人的额头。

你们想从我这里知道什么？女导演摆弄着手里的遥控器，忽然两道灯光从头顶直射舞台，我忽然有了种大戏即将开演的紧张。

窦警官说，介绍一下你和他们夫妇之间的关系，还有你知道的对破案有帮助的线索。

女导演说，我这人向来做事光明磊落，敢做也敢当。我和团长是老相识，我们都是一个系统的，只是不在一个地区。我上次来这里是六年前，当时艺术团有个戏要代表系统参加全国调演，团长曾经看过我导演的戏，和我们领导商量，让我过来帮他把把关。说实话，团长在我们系统里是赫赫有名的，人品和工作能力没得说，所以领导和我商量时，我几乎没打锛儿就同意了，我觉得和一个敬佩的男人一起做自己喜欢的事业是莫大的快乐。我要是知道后来发生的一切，说什么我也不会来的。

窦警官问，发生了什么？尽管我曾经给他讲过苑晴给我讲过的他们之间的一切，可是窦警官还是像个毫不知情的人一样询问着。

女导演说，我过来后，团长给我安排住在了团里的接待室，尽管要我导演的戏团里已经参加过系统选拔，可是要去全国参加调演，不说推倒重来，要改进重排的地方也不少，开始，因为我和团长没合作过，没少发生摩擦，有时候甚至当着演员的面就争得面红耳赤，可是后来，按照我的意见修改过的几场戏表演的效果确实比以前的好许多，团长和我的配合才开始逐渐默契起来，我们开始理解对方，由衷地赞赏彼此迸溅的艺术灵感和火花。

又一出俗套的中年男女婚外情，即使没有苑晴生前的讲述垫底，我也能够想象出接下来发生发展的过程，女导演讲述的时候，我打量着剧场的装潢，我不得不承认过去这么多年了，室内设计、建筑声学和音响照明依然没有显得落伍，柠檬黄色的墙壁、淡蓝色的天花板以及玫瑰红的幕布被镶嵌在头顶上的两个天使的浮雕里射出的灯光照射下，大气磅礴，浑然一体，让人身处其中既放松又神秘，我仿佛看见那个苑晴和我共同埋葬的男人穿梭在剧场中，不知疲倦不厌其烦地指挥着装修工和他的职员，仿佛听见他浑厚的声音响彻剧场的每一个角落，所有的一切都浸透了他的心血和才华，都留有他的汗水和手温，他的生命已经与剧场融为一体，许多年过去，依然让人睹物思人，百感交集。

我以为如此下去，我们很快就会合作成功，没想到——

女导演的转折句让我回转神来，因为它开始出乎我的想象。

女导演继续说，这个时候，团长的太太苑晴掺和了进来。其实，开始，我什么也没感觉出来，我只是发现，原来为了一场戏可以争论到很晚甚至天亮的团长，一到了晚饭的时候就不停地看表，该加班也不加班了。我问他原因他支支吾吾也不说，后来有一次，为了排一个场景需要夜里加班，不到两个小时，我发现团长居然接了四个电话，而且，每次都要避开大家走到排练厅外面解释半天才回来，问他意见也说不到点上，后来，他又一次去外面接电话时，我宣布排练解散，怒气冲冲地回宿舍打点行李。团长接完电话看见排练场没了人，追到我住的地方见我真生气了，一个劲儿地跟我赔不是，直到那时候，我才知道了他们夫妻的情况。说真的，我也挺同情苑晴的，一个女人不能生育，男人又那么优秀，整天生活在一群年轻漂亮的女演员中间，换哪个女人没有点猜忌心都是瞎话，除非她不爱这个男人。可是，无论你再怎么猜忌也没权利让一个才华横溢的男人活得畏畏缩缩，不像男人啊？你们能想到吗？第二天，苑晴居然给我打了个电话，问我那么晚，她丈夫到我宿舍做什么，让我注意点影响。她，她居然监视他，我当时也没说好听的，我说，你要是不放心他，就把他拴在裤带上好了，可是别忘了，他不是你儿子，他是个顶天立地的男人！他来到这个世上，不是只面对你一个人活着，他要面对这个世界活着。

你说话要实事求是，不要演绎——我打断她，窦警官拉了下我，示意我不要插嘴。

我对我说的话负责，你们不信任我，我们现在坐这里还有必要吗？女导演咄咄逼人。

窦警官说，您接着说，我们这位同志新来的，不懂规矩，您不要计较。窦警官转而对我说，你是不是想出去透透风？我知趣地闭住了嘴巴，把莫大的疑问埋在了心里，我知道我再开口的下场。

女导演没有跟我一般见识，我不得不承认，有时候女人男相比老爷们爽快。

苑晴给我打电话的事情，我没有告诉团长，女导演继续说，我不想掺和他们夫妻之间太深，反正我导演完这个戏，我就回去了。后来，如果不是那天团长喝了点酒，你们男人应该比我清楚吧？酒壮夙人胆，我一直认为，无论从哪方面团长都可以称得上是个优秀的男人，只有在处理他和苑晴的感情上是个不称职的男人。那天领导来团里视察节目，除了几处细节需要再推敲一下外，领导非常满意，欢送领导时，团长喝了一些酒，但是绝没有喝多，送走宾客，团长执意要我去他办公室，我当时说，你该回去了，要不你老婆的电话又催了。团长看了看我说，只说几句话就走。我看着团长，他的眼神让我无法拒绝，我只好跟他去了他的办公室。进屋，我给团长倒了杯水，他接水的时候拉住了我的手，然后，我看见大滴的眼泪从他的眼里流了出来，他说，他感谢我，他说，他到死都感谢我为他做的一切。我知道他心里有许多说不出的苦衷，看着一个你敬仰的男人在你面前落泪，是个女人都会心软的。结果，我情不自禁将他的头揽进了怀里，该发生不该发生的都发生了，后来，苑晴闯了进来，她歇斯底里地发作起来，那一刻，我很内疚，但是，面对苑晴的威胁，我出奇的冷静，我对她说你有必要小题大做吗？他不过是借我的怀抱用一下罢了，没你想象的那么严重，你要是还对你的家庭有所顾忌，不想毁掉你丈夫的前程，你就该把看见的一切看作戏里的一个场景，戏排完了我是要走的，而你和他还要继续在这里生活下去，有的人天生就适合活在台前，有的人一辈子就适合活在幕后，你走到台前活着舒服吗？何去何从，你看着办。说完，我撇下他们走了。其实，我没那么潇洒也没那么放得下，回到宿舍的我哭了半夜，最后，我还是决定留下来，帮团长完成这个戏再走。其实这个决定对于我是很难受的，依照我的脾气，我一刻也不会留在这里了，可是，一个女人会为她相知的男人做一切的，你们不是女人你们不懂。

后来呢？我还是没能忍住。窦警官瞪了我一眼，那意思我懂，不说话你会死？！

后来，演出获得了巨大的成功，我离开了，再也没和团长联系。直到上个月，这个市里的领导给我发邀请函，说是团里的老演员联名举荐我的，我才知道了我离开后发生的一切。我本不想来的，可是市里领导说，让我带一带艺术团，什么时候来什么时候走都由我，还有过去的一些老演员也恳求我，团里不景气他们几乎要失业了，让我给他们一个机会。而且，不瞒你们说，我经常会梦见团长，每次梦里的他都是那么恳切地望着我，好像让我该替他做没做完的事情，我不知道人与人之间冥冥之中是不是有一种缘分？我一想起团长付出了一辈子心血的事业就这样荒疏了，就觉得心里怎么也放不下了。知道我为什么要和你们在这里谈吗？女导演问。

我和窦警官同时摇了摇头。

这里的一砖一瓦都是团长亲自带领团员建起来的。他生前的时候给我仔细地讲过他们创业的经过。我不知道你们，我反正是一站在这里就能感觉出一种气场，好像无法不敬业爱业，无法不把事情做下去。这么多年，我去过无数个剧场，每个剧场都有每个剧场的气场，那是由它的建筑风格和多年在那里上演的同样风格的剧目熏染养成的。但是哪个剧场都没有我站在这个剧场让我情不自已，让我百感交集。一个单位要想好起来，非要有一个好的领头人，我不知道你们有没有过这样的经历？有时候一个领导因为调动或者其他原因调离了这个单位，无论再换什么样的人接替他，这个单位的人气都没有了，除非换的领导能够很好地延续前任的领导理念，那么也需要很长一段时间才能聚拢起人气，别人也许可以听任艺术团落败下去，而我不能！这是我之所以来这里的原因。你们不是女人，你们不懂。

我心说，你说的你们不包括我，我瞥了一眼依然聚精会神的窦警官没敢说出口。

我以为逝者已矣，尘埃落定，好的也不能多好了，坏的也无法再坏了，没想到，我第一天来，你们就来找我。苑晴怎么会死呢？谁会杀她呢？这时候杀她谁会从中得益呢？你们不会怀疑我吧？我没有理由杀她啊？仅仅因为我曾经和她丈夫有过瓜葛？难道情敌就一定是仇敌吗？如果杀人逻辑都这么简单，你们来演戏我去当警察好了。

这该是我们要问她的，没想到却由她来问我们。

窦警官和我告别女导演的时候，什么都没有说，只是相互对视了一眼。

我得承认，女导演和苑晴对同一件事情的述说出入很大，可是在我的心里一直拒绝比较这个出入，我试图站在苑晴一方，试图为她辩解，可是，我却没法停止心里的疑问，她们到底谁在杜撰？

放浪不羁、飞扬跋扈的女导演抑或是心胸和气度堪比男人的女导演？疑神疑鬼的神经质女人苑晴抑或是比窦娥还冤的弱女子苑晴？两个双面女人不停地在我眼前闪回。

约见霞的时候，没有女导演那么顺利。

事前，窦警官和我约法三章，当然我不说聪明人也会知道什么内容，我答应调查时不插嘴，虽然有伤自尊，我还是同意了，否则我就不能与他们同行，而我迫切地想知道真相，尽管真相越来越模糊。

霞在工会上班，我和窦警官他们找到她时，霞搞清了来意后，就哭得不能自制，无论我们怎么劝都不能让她平息下来。好容易等她平息下来，窦警官问了她几个问题，霞都是用点头或者是摇头做答。

窦警官在问清查证了霞没有作案时间和作案动机后就要告辞，而我很想听听霞说说苑晴，因为在苑晴的介绍里，只有霞是和她接触最多的人。

窦警官将我叫到外面对我说，是不是又是你的作家的猎奇心理？她情绪这么激动能和你说什么？

我说，她和苑晴接触最多，没准能聊出什么有用的线索呢。

窦警官说，那好，你接着问她，只许问你不知道的，不许说你知道的，明白？

我点头。

我去别处转转。咱们晚上旅馆见。窦警官欲走。

你到哪里去？我问，

窦警官说，我反正是没时间闲逛。

看得出他正好想借机甩掉我，不知道警察是不是都是窦警官这样的人，无论你平时和他多么熟络，只要他不想让你知道的事情，你就是费尽心机也别想让他漏半点口风。不过，说真格的，这两天跟着窦警官调查取证，我还真没觉得这个经过专门警校培养的警官有什么过人之处，几乎他想到的问题，我也能想到，我觉得他好像不是在找破案线索而是在逐一排查谁没有作案动机和嫌疑，这让我对刑警的敬畏打了不少折扣。

我还是很想和霞多聊会儿，窦警官走后，我独自留了下来，眼前的霞已经退却了农村人的烙印，如果不是苑晴生前的介绍，初次见面很难看出她是一个农村出来闯世界的女孩子，只是她说话的神情让人感觉出她没有多少城府。

我掏出纸巾递给她，又起身倒杯水说，我知道你的心情，我和你一样伤心，我可能是你师父生命里的最后一个男人，现在她这么不明不白地死了，我们都是她生前爱过的人，我们总得为她做点什么吧？

霞惊讶地问，你认识我师父？你什么时候见过她？

看着霞戒备的神情我知道我首先应该让她先相信我，我们的交谈才能继续下去。我和霞谈起了苑晴，说起了我们在海边的相遇，说起了我们在一起的十天。

不时地，霞开始介入我的讲述，但是，她的介入只是针对我的讲述提些问题，她问我，你见到我师父时，她过得好吗？她和你在一起时快乐吗？她和你说起过我？她没说她恨我吗？什么？她还说起过孩子？

我知道，我碰到了霞的软肋，孩子是所有做母亲的女人的软肋。可是霞只是表情异样地问了一句，便不再多说。

我对霞说，在这个世界上，你师父除了爱团长，最爱的可能就是你了，现在你师父含冤而死，别人不帮忙说得过去，你应该帮助警察提供线索尽快找到杀人凶手才是。

霞说，我真不知道谁杀了师父。

我说，我也没说你知道，我只是说也许你的讲述让警察能发现些线索，找出你师父的仇人呢。

霞说，我就是我师父的仇人，可是我确实没杀她。

我说，你怎么会这么说？你师父从来没说恨过你，你怎么说自己是师父的仇人？

霞说，我知道你信任我才和我说起这些，本来这些我到死也不打算说的，只要我师父在世一天，即使是我亲爹亲妈我也不打算告诉他们。你答应我不会和别人说，我可以告诉你我和我师父他们两口子之间的一切。

好吧，我答应。我伸出小手指，霞愣怔了一下，很快就勾住了我的手指，几乎所有农村长大的孩子都知道这是个约定。

霞说，我不知道师父还和你说了什么？她说我的那些有些是真的有些是假的。

哦，我诧异，哪些是真的？哪些是假的？

她说我没考上剧团是真的，其他的是假的。

是吗？是苑晴在撒谎还是你在撒谎？我心里这么想但是没有问出口，因为心里有这样的疑问，所以，我在霞的讲述里既没有提问，也没有打断她，我决定只做个旁听者，信守对窦警官的承诺，有时候只有置身度外才能旁观者清。

霞说，那天我没有被录取，和我同时来的四个伙伴他们都考上了，我不行是因为老师说我五音不全，还有就是我的年龄偏大了些，那年我19岁。我不能理解的是在我们那个小山村经常对歌，我唱歌还算是同伴里嗓子最豁亮的一个，为什么老师只说我一个不行？我家里兄弟姐妹多，我是老大，父母指望我混出个人样来，好把弟弟妹妹们带出来，对我来说能被这样一个艺术团录取简直就是梦想。梦想破灭了，我伤心到家了，蹲在艺术团门口哭，同来的伙伴围在我旁边劝我，强子，哦，我忘记说了，强子是我现在的丈夫，在家乡时他就一直偷偷对我好，我一直没答应他。强子说，霞姐，他们不录取你，干脆我也不留这儿了，我和你一起回家。我一听他这么说，哭得更伤心了，再怎么着也不能因为我耽误他的前程啊。我执意一个人回去，正在我们推推拉拉、哭哭啼啼的时候，我师父来艺术团找团长有事情，在门口看见了我，问我怎么回事？同伴说了缘由，师父上上下下打量了我几眼，没做声，继续往艺术团走，我当时看见师父朝前走的背影就忘记了哭泣，傻呆呆地站在了那里，至今我都不知道那种魔力从何而来？不一会儿，艺术团里面出来个人喊我的名字，说团长让我去他的办公室一趟。我赶紧跟着来人到了团长室，屋里，只有他们两口子，那是我第一次见到团长，我不知道你是否看见过我们团长的照片？我反正是又一次惊呆了，在家的时候，我看过一场电影，整场电影看下来，我什么都没记住，只记住了一个男演员的名字，他叫唐国强，我觉得我第一眼见团长的感觉就如同见到了唐国强一样，紧张，惊讶，身子怎么待都不是地方，我甚至都不敢直视团长的眼睛。团长对我说，你以后就跟着苑老师学习舞蹈吧，要是你真照她保证的那样有长进，我再考虑是否招你进剧团。

你知道我当时是什么感觉吗？我觉得说什么都不能表达我的感激，我扑通给团长两口子跪下了，当场拜了师父。后来，就像师父和你说的那样，我学得很刻苦，而且也成了他们家的常客，我尽我的所能为师父做一些杂事，我觉得师父对我如同父母，父母怎样？父母做的也不过如此，我怎么做都无法报答师父的恩情。

后来，和师父接触多了，我才发现师父活得并不如我想象的快乐，在我眼里，我觉得人要是像师父和团长这样体面，就是活在天堂里了，我父母，我的祖祖辈辈都在那个小山沟里，看见的只是自己头顶上的那片天，在我眼里师父和团长都是人上人。有一次，吃过晚饭，我陪师父去散步，路上碰见一个女人在教自己的孩子学步，师父先是停下来看人家，那眼神让我看了心里很不好受，我拉着师父让她走，师父边走边回头，从那天起，我就想为师父做点什么。可是能做什么呢？我当时怎么也想不到，除了两只手，我几乎一无所有。

我比赛得了奖以后，有几家剧团要招我，可是都被师父拒绝了，那天，团长带团去外地演出，我和师父做伴，师父和我说了一夜的知心话，师父说，那几家剧团虽说工资给我的不低，但是都不能保证给我一个旱涝保丰收的编制，跳舞这行当是青春饭，要是哪天我跳不了了，就又重新回到了起点。可是如果我进了艺术团就不一样了，艺术团每两年都有一些转正指标，奖励那些优秀的演员，如果我表现出色，肯定能得到编制，这样，即使我有一天真的跳不了了，也可以转到别的部门工作。我知道师父是在为我考虑，我也知道自己几斤几两，要不是师父关照着我，我也没有现在。那天师父还和我说，她要我留在艺术团还有一个想法，她说，搞艺术的女孩子如今都开放得很，让我去团里以后，要帮她多照应些团长，师父说，他们夫妇经历特殊，她要是能为团长生个孩子，她也不至于这么担心，她不是信不过团长，是因为如今这社会诱惑太多，许多男人都是因为外遇毁了家庭和事业，她和团长这么多年不容易，她不想被人指指点点地活着。我知道，师父要我照应团长指的是什么。当时，我也不觉得这么做有什么不好。后来，我顺利地进入了艺术团，成了团里的台柱子，我甚至比先我进来的几个同伴还先转了正。

那次，团长喝多了是事实，可是不是师父说的那样。那天，师父也没出差，团长喝多了忘记带钥匙了，先给师父打的电话，师父正巧在开会，就让团长找我，我有钥匙，于是，团长就打电话让我回来开门，团长的理智还算清醒，我要扶他进屋睡觉，团长说他不想睡，自己坐到沙发上打开了电视机，我给他倒了杯水，放在了茶几上，电视里正播放着治疗不孕不育症的广告，团长叹了口气，躺倒在沙发上，我没在意，以为是他喝多了酒不舒服，走到浴室拿了块毛巾递给他擦擦脸，没想到，竟然看见团长的眼里在流泪。

不瞒你说，我打小就很少看见成年男人哭，在我们那小山村，成年男人只有在死了亲娘老子的时候才会咧开大嘴哭号，而且也只是在出殡的那一刻，在我看来，不是遇见了塌天的事，男人是不会哭的。我当时吓傻了，说话也结巴起来，我说，团长，你要是实在难受，我赶紧给师父打电话吧。团长伸手拉住了我，说，不用，我没喝多。你在我旁边坐会儿，你是不是觉得我哭很没出息？我摇摇头。团长接着说，在咱们农村，老爷们儿是不哭的，我一定是吓到你了。我问你，在你们那块儿，像我这样没有子嗣的男人是不是死了也不能进祖坟的？我摇头，我说，我不知道。团长说，一地一个风俗，在我们那里我死了是不能入祖坟的。我们家是个大家族，从元朝就有族谱了，轮到后人把我写上去的时候，在族谱上，我的名字下面会被注明没有子嗣。我说，团长，现在不是也有许多年轻人结婚都不要孩子的吗？您也想开点儿。团长说，我年轻的时候，也觉得有没有都一样，可是到了这个年龄，看见自己的同龄人有儿有女，自己就觉得有一种没根的感觉，唉，你还是小孩子，你不懂。正说着，师父散会回来了，团长看见师父回来，马上擦掉了眼泪，我当时也有些不自然，师父是多聪明的人啊，什么也瞒不过她的眼睛，她把团长搀回卧室安顿他躺下，关上门，把我拉进我平时住的卧室，问我，刚才团长和我说什么了？我不敢隐瞒，只好一五一十地说了。师父听了半晌没说话，我劝师父说，您和团长都这么稀罕孩子，不行，托人抱养个吧？师父说，别说他不同意，我也不愿意，不是自己的骨血，心里总是有那么层隔膜，再说了，一想到抱养别人的孩子要让人家骨肉分离，我心里也不舒服。

其实，那个念头就是在那一刻产生的，我说，师父，要是行，我真想替您生个孩子。

说出这句话，我和师父同时都愣在了那里。师父看了我半晌，问我，霞，你没说梦话吗？我说，没有，师父您和团长待我恩重如山，我真想让您和团长生活得快乐。您要是同意，我愿意。师父又看了我半天后，扑通给我跪下了，她哭着说，她一辈子都会感激我。我没想到，师父会给我下跪，我受不起这个大礼，我和师父抱着哭成了一团。

这天以后，师父就照着我们计划好的办法去说服团长，没想到，团长不同意，他说，他还得做人呢，而且这么做也对不住我，没有不透风的墙，将来真相大白，谁还会娶我？他不想因为要个孩子一辈子良心不安。本来，我和师父商量好，等我一怀上孕她就给我在外地租套房子，让我到那里去待产，对外说是送我去艺校进修，避人耳目，等到我生产后，他们再办个抱养手续，这样孩子就顺理成章地是他们的了。虽然不是师父亲生的，可是孩子毕竟是团长的，怎么说团长也算是有了自己的子嗣。团长不同意就打乱了我和师父的计划。我其实挺敬佩团长的，我觉得这要是其他男人，老婆这么安排，巴不得呢。

虽说团长没同意，但是这事一说破，我和团长之间在相处时马上就感觉出不自然了。那会儿，我已经二十四岁，在团里追求我的人很多，包括强子。强子比我小两岁，我之所以一直不同意和他处朋友，是觉得把自己托付给他自己心里没底。追求我的人有的条件也很优秀，但是让我一见倾心的没有，我发现我在和他们相处时，总爱拿他们和团长相比较，比较来比较去的，就觉得他们谁也没有团长优秀，这也是我迟迟没找到对象的原因。不过，其他追求者遭到拒绝都去另找别的女孩了，只有强子死心眼，一直在等我。你不知道我，其实我挺死心眼的，我要做一件事情，就非得做成不可，我觉得既然我答应了师父，既然团长是我仰慕的男人，无论想尽什么办法我都要给他们生个孩子，只有给他们生个孩子，我才觉得回报了他们。

我决定和强子结婚，条件是他要答应我先给团长生个孩子，否则，我这辈子独身也不会嫁他。强子考虑了一个星期，后来，他找到我问我，这件事情是我自愿的？还是团长强迫我的？我说，我自愿的。他们给了我一切，我总得回报他们些什么。强子说，我知道团长对我也恩重如山，如果你是自愿的，我同意你的条件。那时候，团里刚给他解决了编制，即使有一天他上不了台了，他转到别的部门也会有铁饭碗了，他和我一样是家里祖祖辈辈唯一一个吃皇粮的人。在我们那小山村，是讲究滴水之恩当涌泉相报的。

我摇摇头，我也是从农村出来的，我无法理解强子，这已经超越了男人的底线。我的毛病又犯了，我指着脑袋问，强子这儿没问题吧？

霞瞪起眼睛，你说他傻？

不不不！我是说——

霞说，我知道你想说什么，不要用你的尺子量我们，谁能让我们走出大山，在城市里站住脚，扎下根，过上祖祖辈辈想都不敢想的生活，他都是我们的恩人，只要不让我们去杀人放火，为他做任何事我们都心甘情愿！我们是草根，草根你懂不懂？一出生就注定了我们跟你们城里人不一样！我娘说自古以来人就分三六九等的，只要我能过上城里人生活，她这辈子的罪就没白受，你知道我娘是怎么活着的吗？为了养大我们姐四个，她天天土豆蘸盐花，不到五十腰就弯得脑袋贴着膝盖了，大夫说她这叫佝偻病，抬头望望天是件多么容易的事呀，可我娘只有躺地上才能看见天！

霞哽咽，我将水端给她劝她，我没别的意思，我也是农村出来的，不是你想的什么上等人，我只是替你们感到委屈，你接着说。

霞长叹口气说，那你跟我们也不一样，你比我们聪明，念出了书，我和强子连初中都没毕业就出来混世界了。

后来呢？我得引导她继续说下去。

后来——哦，霞接上了被我打断的话茬儿，有了强子的支持，有了师父的默许，我开始找机会，我知道，这件事情如果我不主动，团长是不会主动的。其实，机会是师父提供的，那次，本来师父可以不出差，为了给我和团长创造机会，她还是替他们馆长去开会了。我不说，你也应该知道，即使一个男人的防线再坚固再牢不可摧，也难架得住女人那么投怀送抱。至今我都不后悔，我把自己的第一次给了团长，那一个星期的夜晚，我一辈子都不会忘记，团长给我的感觉，我一辈子都不会再从别的男人身上得到。

确定我怀孕的第二天，我和强子举行了婚礼。那天，师父和团长的表情都很不自然。其实，师父的不自然，从她出差回来就开始了，我有时候明显觉得，她对我不像以前一样那么亲热了，以前她对我很有耐心，说什么也不介意，可从出差回来后，经常看我不顺眼，无端地发脾气，事后又会让我原谅她，忽冷忽热，好像她嘴上说的和心里想的不是一回事。我知道她的感觉，我怎么能不知道呢，我也是女人。

和强子结婚后，本来，按照计划我应该到师父给我安排的地方去待产，对团里说是送我去学习，可是，我不想走，我一天也不想离开团里，我觉得一天看不见团长，心里就少点什么。开始我以为，我只要怀了团长的孩子就和团长不再往来，给他们生下孩子就各过各的，其实，根本就不是那么回事。我发现我的身子给了团长，我的心也给了他，我无时无刻不在想他，想一个人又得不到他有多难受，你也是过来人，你应该知道。可是，自从我和强子结了婚，我再也没和团长发生过关系，有时候想得实在受不了，就给团长偷偷发短信，为这我自己又重新买了个手机，原来的号师父知道，我怕师父发现我还和团长藕断丝连会生气，可是，还是被师父发现了。师父和我长谈了一次，我知道我再控制不住自己，我可能就会毁掉自己毁掉团长，不得已我听从了师父的安排，去了师父给我安排的一个城市，在那里师父给我租了一套房子，我在那里待到临产。

临产的时候，强子签的字，我是在一个小县城医院生的孩子，师父用钱买通了那里的医生，作为亲属，她被允许进入产房，目睹了我整个的生产过程，我哭她也哭，我哭是因为疼痛，她哭是心疼我。孩子顺利生下来了，就在师父抱起孩子想走出产房的那一刻，我喊住了她，我说，师父，让我看他一眼。师父把孩子抱了回来，我把孩子抱在怀里，在我第一眼看见孩子的瞬间，我忽然有种刺心刺肝的疼痛，心里有一个强烈的念头，我不能把他给任何人，无论那个人对我的恩有多大对我的情有多重，都不能和我怀里的他交换。

我说，师父，我不想把他给你了，你没做过母亲，你不懂一个母亲的心，你要他不如要我的命。

师父当时脸就变了，我从没有见她生过那么大的气，她说，你怎么能言而无信?!

我说，师父，不是我言而无信，是我做不到，你明白吗？你走吧，你就是让团长开除我，就是让我再回那个小山村种地去，也不能把我和他分开!

强子也劝我,让我把孩子给师父。我骂他,我的事情不用你管,我们娘儿俩就是要饭去也和你没关系!你回去办离婚吧,这孩子是我的,谁也别想从我手里夺走他,谁不让我要他我就和他拼命!

我的哭喊招来了围观的人,师父咬紧嘴唇说,我恨你!我一辈子再也不想见到你了!说完师父就走了。强子没有走,几天后,他把我送回了老家。后来,他回了艺术团,我没有回去,一年后,强子回家接我们娘儿俩,说师父让团长把我的关系调到了工会,负责宣传工作,我其实是不想回来的,可是强子说,我做事情不能总考虑自己,要为孩子着想,自己的前途可以不要,可不能断了孩子的前程。我知道师父的苦心,她这么做可能也是考虑了孩子的前程,我已经对不起他们了,不能再对不起我同时也是团长的孩子了,这么着我就回来了。后来,我让强子给师父带去了张孩子的百岁照,我再也没见过师父,团长到死也没看见过孩子一眼。我后悔死了,我要是知道团长和师父会走到今天这个地步,我真不该不给他们孩子,要是把孩子给了他们,没准他们也不会离婚,不会离婚,团长和师父都不会死,是我害了他们,师父到了阴间也不会原谅我的。可是,师父真的不是我杀的,我干吗要杀她啊?躲着她我都时时会内疚,我怎么会杀她呢?你说。

霞问我,又开始哭,我走过去,拍拍她的肩,我只能拍拍她的肩,我发现我不知道应该怎样回答她?她讲述的和苑晴给我讲述的多么不一样,而这不一样又让我深深地为这两个女人叹息,我想起那句名言,女人啊,你的名字叫弱者!她们是弱者吗?不!那么这场人生之戏里谁是弱者,谁又扮演着强者呢?

我不知道。

告别霞走出工会大楼,大门口,我被一个显然是等人的老女人拦住了去路，她头发蓬乱着，衣衫也穿得不伦不类，我以为她会向我问路，没等她开口，我就开口说，我不是这里的人，有什么事你去问别人吧。

老女人看我的眼神有些异样，走近我神情诡秘，你也是来找那个骚货的？

骚货？你说谁？

老女人嘿嘿地笑着，年轻人你别跟我装了，我家老头以前也这么跟我装的，你们男人别管老少都是一丘之貉！

我从来没见过你，你这话什么意思啊？无端地被人骂，我有些恼火。

你还装？我盯你半天了，你和那个骚货待了足足两小时，两小时还不够你们快活的？瞧你穿的人模狗样的，呸！

老女人抓住我的衣领，唾沫星子啐我一脸，我的脖子被衣领卡得透不过气来，我用力推开她，你谁呀？你他妈要干什么？疯婆子！

可能是我用力过猛，老女人瘫坐在地上。

一个门卫听见我们的吵嚷，从传达室跑出来，扶起被我推搡在地的老女人，阿姨，您咋又闹来了？不是告诉您了吗？人家是跟刚离开的那俩警察办公事来的！不是您怀疑的那样！您快走吧，要不老主席又出去了。

老女人一激灵赶快从地上爬起来，嘟囔着，是吗？我出来时他还睡觉呢，我瞧瞧去！一路小跑着离开。

门卫无奈地摇摇头，哎，同志，您别跟她一般见识，她这儿不清楚！

门卫指了指头。

那她干吗纠缠我啊？我又不认识她！我不解。

门卫看了下四周，把我拉向一边，我跟您说吧，她是我们前任工会主席的老婆，就住在您刚去见的那个女人的前院，主席在任时跟那女人不错，她这儿受刺激了，天天趴在后窗子边监视那女人，今儿您和那俩警察一进去，她就跑这儿报告来了，我跟她解释了说你们来办的是公事，那俩警察走时，她不敢惹他们，冲他们呸了半天了，我以为她闹完了就回家了呢，谁想她这么会儿又跟您干上了？

她一开始就是这个样子吗？你们工会主席好歹也是正处级吧？怎么讨了这么个老婆？我不解。

嗨！这人哪能长前后眼啊？人心隔肚皮，谁能隔着皮看见瓤啊？听说那女人年轻时就是个醋坛子，管我们老主席严着呢！我们老主席——

你们老主席跟那个女人怎么回事？眼看着门卫要打开话匣子，我有些失礼地打断他，我无心听他抖落那些陈芝麻烂谷子，我对涉及苑晴以外的任何人任何事都不感兴趣。

门卫双手一摊，您问我我问谁去？这男女之间的事只有他们自己知道，一看您就比我有学问，这事外人哪儿说得清啊？

老女人已经拐进了工会的家属院，巨大的疑问缠绕在我的心头，那您了解我刚见的那个女人吗？我问门卫。

门卫诡秘地笑了，那女人可不简单，由一个头顶高粱花子的农村妞儿，混到剧团主演，再到我们这儿的科长，您说简单了能行吗？别的您问我我也不知道，反正我就知道那剧团团长死好几年了，俺们主席的老婆也疯两年了。

一辆车开过来，门卫赶紧跑回去按自动门的遥控，见我还没有走的意思，门卫冲我摆摆手，同志，刚进去的是俺们现在的主席，您快走吧，我还得在人家手底下吃饭呢！

尽管我心底的问号越来越大，但是我明白再待下去我也不会从门卫那里得到更多了。离开工会，我回望着壁垒森严、油黑锃亮的铁栅栏门，忽然觉得真相离我越来越远，越来越扑朔迷离了。

十三、物是人非事未休

苑晴家乡之行，对于破案可以说一无所获，只是排除了仇杀的些许可能。

我从工会回到旅馆，没多久，窦警官也回来了，他问我有什么收获？我本来想和他学说一遍霞的话，学舌一遍我在工会门口的遭遇，可欲言又止，我不知道从何开口，也不知道开口能对破案有什么用处？想起自己被老女人啐的狼狈样儿，我说，你们都一无所获，我能怎么样？

窦警官开玩笑说，我在查找破案线索，你却在搜集素材，是不是又够写一部电视剧了？你得分我一半稿费啊。

他的话勾起了我的伤心事，我的编剧生涯在他抓孙坚的小舅子那一刻就注定终结了，尽管做编剧没有给我足够的尊严，但是至少它给了我一种体面的生活。我得承认，当我拥有这些的时候，我并不以此为荣，可是现在当我失去它的时候，我才知道我以前的不以为荣是多么的虚伪。我是个凡人，我终究逃脱不掉凡人的欲求。

我说，可能这辈子再也不会有人找我写剧本了，我在寻思着拜你为师呢。你说说你刚才到哪儿转悠去了？

窦警官说，他去了贺岚家。

我轰然想起，在整个案子中，贺岚是个至关重要的人物，她的做法有许多疑点。

我问，快说说有什么收获？

窦警官说，能有什么收获？家里老的老小的小，什么也说不上来。

我想起来，贺岚和她的前夫一个被执行了死刑，一个早她死于车祸。那你都见到谁了？我问。

窦警官说，贺岚的公公婆婆还有他们的女儿。

贺岚不是还有个儿子吗？我想起苑晴说过的那个叫小冰的孩子。

窦警官说，没见到他。他奶奶说那孩子自从他父亲死后就没人管得了了，而且经常不回家，好端端的一个孩子就这么毁掉了，我告诉你啊，剧作家，据我这些年的破案经历，好多孩子都是因为家庭原因学坏的，你可不能因为和老婆闹矛盾，把自己的儿子赔上啊。这夫妻之间，有矛盾要及时化解，在这件事情上本来就是你不对，赶紧给老婆赔罪，别跟我们乱跑了，到时候赔了夫人又折儿，你就是写出花儿来，你也是个失败者。

我承认窦警官说的是真理，可是，我这半路途中的回去，老婆能接纳我吗？即使老婆原谅了我，我又能安下心来吗？不能安心我还能做成什么呢？我现在遭遇的不只是婚姻危机，同时还遭遇着事业危机，我只有赶紧爬起来，像个男人一样站起来，老婆才有可能真正原谅我，我才有可能找回男人的自信和自尊，如果像个丧家之犬一样回去，即使老婆善心大发收留了我，我待得也不会自然安然。

我已经尊严扫地了，不能再在他们面前栽面子了，窦警官这么说谁知道他是真心为我着想还是想甩掉我？要想继续跟他们调查下去，我得先小人一回。我说，窦警官，咱说话不能老扎人肺管子吧？你凭良心说，出来这几天，我给你们添麻烦了吗？是吃还是住让你们破费了？还是没听指挥让你们操心了？你要是嫌我累赘你就直说,别这么拐弯抹角地刺激人。

窦警官见我真的有点急了,赶紧解释说,我没别的意思,我真是担心你和老婆这么冷战下去会失去挽回的时机。再说,你也见了,调查了好几天,连点头绪都没找出来,不是我没有信心,有的案子别说几个月,几年破不了也是常事。头儿来电话让我们明天回去,说这里找不到突破口,不让我们再浪费时间了,你还和我们一起去乳山吗?这时候的海可不是夏天的海,风大干冷,你非要去受那个罪啊?

我说,受罪我不埋怨你们,咱们当时怎么说的就怎么做,我不信苑晴就这么不明不白地死了,老天爷不给她一个公正。我受不了我自己会打道回府,你把精力放在案子侦破上好了,不用费心我。

窦警官说,那好,明天我们回去。

独自回到自己房间的我,心境久久不能平息下来。我试着给老婆打了电话,电话是关机状态,给自己家里打没有人接,我很想给岳母家打电话,想听听儿子的声音,可是一看时间已经过了儿子睡觉的时间了,只好作罢。

一向很有主见的我那一夜六神无主,我不知道自己是该回家还是该和窦警官一起走? 我不知道我该怎样做才对自己利大于弊?我不知道你是否也遇到过这样没主意的时候?那会儿,无论谁在我眼前,即使是我曾经不屑一顾的人,我也会讨教于他,让他帮我指个方向,即使他是个傻瓜。

再次来到海边,心境与上次截然不同,有种物是人非的感觉。银滩依然美丽,却不见了美丽的身影,海浪依然澎湃,却没有了澎湃的心情。

窦警官还算是体谅我,让司机先帮我在银滩大酒店定好了房间,又带我去局里见了局长,局长告诉我说,这边的调查也没什么进展，警察正在排查命案发生前后所有在银滩的游客，查找嫌疑人，局长说，这个工作量相当大，要从如潮水一样涌到这里度假的游客里找出有前科的嫌疑犯谈何容易。我问，现场没有留下什么痕迹吗？局长说只提取到一枚指纹，输入了电脑，没有相同的比对。

我可以去苑晴的住处看看吗？我问。局长说，明天要老窦陪你去吧，今晚我做东，为你接风，希望你能帮助我们找到突破口，破了案，我帮你向市长请功，聘你为银滩荣誉市民。我苦笑着，默然。

深秋的海滩没了夏日的喧闹，岸边的房子大多已经人去楼空，长长的海岸线空旷寂静，大海似乎也沉静下来，水天苍茫，浅海处几条老旧的小渔船停泊着，好像有一只无形的手在摇动着它们，让它们看上去像摇篮节制悠然地荡漾着，几只海鸟不时地从海面掠过，那凄楚的声音似在缅怀往日的人气。

一切都在勾起我的回忆，酒店、沙滩、路边的小店，旭日广场，高高竖起大拇指的中心公园，我发现苑晴的影子随时都在这些地方晃动，好像只要我愿意，她马上会呼之欲出。

人真是一种奇怪的动物，我来到这里的感受竟然与在北京时被警察告知苑晴的死时完全不同，那时我更多的是震惊，更多的是担心自己与她的偷情被家人知道。到了这里，我才深切地感受到了悲伤，那些让我想起苑晴的每一处场景都让我双目发涩，心如刀割，我知道我与她的一切并没有因为我的刻意克制而消失，它只是没有遇到合适的时间合适的场景而已，我知道那过去的十天十夜存在我们之间的不只是激情还有感情，它只是被我自欺欺人地误作了激情而已。

通常人们与所爱的人道别从来都不知道会是永别，我不记得这是哪部电影里的台词了，但是此刻没人比我更能理解它的言外之意。

苑晴的家和我走时相比没什么两样，屋里的布置依然精巧温馨，竹帘静静地悬挂在床和厅的中间，照片上的团长和苑晴依偎着甜蜜地面对着每个走近他们的人，那台我用过的电脑依旧安静地放在后阳台，屋子门窗完好，丝毫没有被破坏的迹象。看来警察的推论有道理，这个杀人凶手一定是苑晴的熟人。

那么会是谁呢？如果是和我一样的与苑晴邂逅的游客，为什么警察说她的身体没有被侵犯的痕迹？如果是图财害命的惯犯，那么他是如何进到屋里又为何什么财都没盗就会杀人呢？警察说苑晴死时的状态没有激烈反抗的迹象，说明苑晴是在毫无防备的情况下被杀的，而且杀她的肯定是个男人，这个男人与她绝不会素昧平生。

说实话，一想起苑晴与另一个男人在一起，我就控制不住自己胡思乱想，我甚至不敢直视那张床，我曾与她在那上面颠鸾倒凤，我不能想象另外一个男人也曾在这张床上做过我与苑晴做过的事情。

这个男人是谁呢？莫非他也是和我一样的游客？那他肯定各方面都比我优秀，不然我刚离开苑晴，他就取代了我？或者他是本地的达官权贵？苑晴生前曾是售楼员，莫非是哪个房产大佬想换个口味，苑晴欲登堂入室因而招来杀身之祸？抑或某个权贵与她长期有染，事情败露怕影响仕途杀人灭口？若不他与她之间到底有什么深仇大恨，非要置她于死地？仇杀？情杀？抑或是误杀？

我得承认自己不愧是个编剧，那些常人想不到的场面都会出现在我的脑子里，它们有时像好莱坞大片，惊悚诡异，有时候又像儿童不宜的成人片，暧昧迷乱，可是无论什么场景，都搞得我心乱如麻，那个我珍视的女人真的如我想象的那样吗？圣洁高贵？清白无辜？

我得承认，我原以为自己在爱情、性、婚姻之间拎得很清，这会儿才发现我只是自以为拎得清而已，那些男人的劣根性在我身上一样不少，比如自己爱过的女人容不得外人染指，自己尽可跑马占圈，不许女人越雷池一步，俗语只许州官放火不许百姓点灯形容的是州官和百姓的关系，在我的人生字典里它指代的是男女关系，我无法想象我爱过的女人背叛我，就像我至今无法原谅我的初恋女友一样，她是我心口上的一道疤，别说碰想起都疼。

谜团像雪球一样越滚越大，塞满了我的心，我的大脑，让它们时刻处于缺氧状态，我发现我正在丧失一个中年男人应有的机敏和灵活，变得迟钝、多疑和健忘起来，经常不知道自己要做什么，该做什么?

我问窦警官，疑犯的指纹是从什么地方提取的? 窦警官告诉我说，桌子上一个水杯上除了检测出苑晴的指纹外还有个陌生人的指纹，还有电脑上的鼠标上也有半个和疑犯相似的指纹。对了，还有，尸体解剖时发现苑晴喝了酒，好像她的最后一顿晚餐是和疑犯共进的。

哦，你们没去调查她就餐的饭店吗? 会不会有人注意到了和她一起就餐的人? 我急切地问。

窦警官说，你说的我们都做过了，那天晚上苑晴是和嫌犯在家里用的餐，她去买螃蟹时有渔民认识她。判定是熟人作案有两种可能，一种是苑晴在老家的熟人，一种是苑晴在这里认识的熟人，目前为止我们只是搞不清嫌犯的谋杀动机而已。

从苑晴的家出来，我和窦警官就此告别，窦警官握住我的手说，保持联系，有什么新发现及时通知我，我们这里有什么进展我也会及时告诉你。生活上有什么不方便的也找我，别客气，毕竟我是土生土长的本地人，腻了烦了打个电话我陪你喝酒。

我算是领教了胶东汉子的热情，昨晚局长接风，我竟然被款待得出了酒，直到现在胃还不舒服。谢了窦警官的美意，我朝住宿的酒店走去。

路上经过那家我曾经改过剧本的网吧，我走了进去。老板认出了我，上前和我打招呼，作家，怎么这个季节过来了？

我说过来办点事情，怎么？生意没有以前火了？网吧里的人明显稀少。

老板说，唉，淡季就这样，白天没什么人，晚上好些。不像夏天，白天黑夜都满人。

我问，就剩下长期在这里居住的人了吧？

老板说，可不，银滩一到这个时候就空巢，你说关了吧，租金是按年交的，不关吧，整个冬季连个本都赚不出来。你别说，那个——老板指着我曾经用过的那台靠边的电脑上正在玩游戏的一个少年说，就他不是本地的，在这儿待了一个多月了，白天来，晚上走，最近几天连晚上也不走了，饿了就吃方便面，困了就在椅子上睡，你瞧瞧那模样，再玩下去连小命都得搭上。

我说，你没劝过他吗？不是不许青少年进网吧吗？

老板说，我说了，可是他说他早就不念书了，还说，他上网给我钱，用不着我瞎操心，作家，你学问高，不行帮我劝劝他，让他赶紧走，要真是在我这儿出了啥事情，我这网吧就得关张了。

我本来不想管闲事，我还有许多正事要做，可是碍着老板的面子，只得走过去拍了拍那个少年的肩膀，我还没来得及开口，那个少年受了惊吓般从座椅上惊恐地跳起，脸色苍白，嘴唇不住地抖动，看我如同天外来客。我没想到他的反应竟然如此过激，我说，你家在哪儿？你父母是谁？

少年约莫十六七岁的样子，消瘦让他的脸已经没有了青春的神采，疏于修剪的头发遮盖着他的眼睛，让他看上去病态而羸弱。他没有回答我的话，他转身想逃离，可是不知道惊厥还是眩晕，他竟像片叶子一样倒在了地上，他抽搐着，虚汗从额头渗出。我赶紧上前，抱起了他的头。

老板慌乱地说，怎么好？怎么好？我就知道得出事的，作家你得给我做证，是他自己非不走的。

我喝住他，赶快打120，救人要紧！

急救车来了，老板对我说，作家你多费心了，我打点好网吧就找你们去。我知道我脱不了身了，看着虚脱中的少年，我没有和他费话，坐上车送少年奔医院而去。

朋友，我不知道你是不是也有这样的时候？在你人生的某一阶段，你的运气之钟忽然停摆了，起初，你想尽办法，以使它如往常一样转动起来，可是，你却发现凭借你的智慧和能力不足以让它启动，然后，你安慰自己，寄希望时来运转，以为挺一挺，时间的魔手自会来催动它。可是一段漫长的等待之后，你发现它仍然毫无启动之兆，于是，你逐渐失去耐心，情绪越来越坏，你发现不但你的运气连同你的人生都滑落进了谷底，即使站在明媚的阳光下，你的眼前还是黯淡一片，而且自信从此不再隶属于你。

我觉得我此刻就是这样的状况。站在医院的走廊上，看着医生进进出出地抢救昏迷中的少年，我的情绪坏到了极点。事业、家庭离我而去，绯闻缠绕，尽管我刻意不去想，我也知道互联网上随着演艺界黑幕和丑闻的不断报料，我的事件也被链接在了一个内容栏，无可避免地搅进了这一缸浑水，再想保个全尸，除非下辈子重新投胎了。现在再摊上这么件麻烦的事，我觉得一切都在和自己过不去，天下所有的倒霉蛋都比我幸运。

医院里的味道让我窒息，我来到门口透透气。

医院的东侧是个小花园，可能是气候的原因，这里的秋天来得晚些，北京这个时候早已是落叶如金了，这儿还是一片郁郁葱葱，碧绿如洗。远处，一个女人推着轮椅上的男人沿着小径走来，那男人神色安详，看上去与我年纪相仿，他们旁若无人地聊着走着，走过我时，我看见了轮椅上的男人一只空空的裤管被风吹起。

我是不是该回家了？这念头强烈地袭击了我。

作家，你在这儿做什么？不知道什么时候，窦警官的手搭在了我的肩上,我的行踪随时都在他的掌控之下,为此我已经见怪不怪了。

我朝那对夫妻努努嘴说,很让人羡慕。

男人其实很脆弱,当陷入无法自拔的泥潭或面临突如其来的灾难时,只要握住女人的手,就没什么能把他撂倒,除非他自己不想爬起来。

我这次没有反驳窦警官的话,这个看上去粗粗拉拉的胶东汉子内心其实比女人还绵密还敏感。

你来医院做什么?身体不舒服吗?窦警官再次问我。

我还不想和他说少年的事,他有正事,凶手一天没抓到,我就不应该用鸡毛蒜皮的小事分散他的精力。

我说,夜里睡不着,我来找医生开点安眠药。

十四、网络未必虚幻

网吧老板并没有来医院，一次也没有来。我知道无商不奸，我去网吧找了他。少年虽然暂时脱离了危险，可是医生说他起码要在医院住一段时间恢复全身功能，长期的上网已经使他严重的营养不良，而且他的网瘾已经成了心理疾患，他清醒的时候会不时地出现狂躁和肢体震颤，有几次甚至跳到地上双手紧握朝空中狂砍乱杀，仿佛他不是赤手空拳而是手持利刃，刀光剑影，仿佛他面对的不是空空如也的病房，而是面对无数狰狞的恶魔，直杀得筋疲力尽，瘫坐在地。医生说他这是网瘾发作的虚幻反应，说明他经常玩的是暴力游戏。我知道这个样子放他出去是危险的，问他什么话他都避而不答，清醒的时候眼里充满了戒备，发狂的时候根本目中无人。

继续住院需要交押金，我已经为他垫付了部分治疗费。怎么说，少年是在网吧发的病，老板也不能装聋作哑。老板说，多了我也拿不出，得了，算我倒霉，我把他在我这里的上网费都拿出来，给他治病吧。他要是见好，你赶紧打发他走，千万别给咱找事，有时候好心不一定能办好事，这要是被多事人把他的事嘀咕到网上，我就吃不了兜着走了。

我知道网吧老板的意思，他之所以被迫拿出一些钱息事宁人，不是出于对少年的同情和帮助，他怕让这件事情传扬出去，他的网吧会被查封。从他手里接过钱的时候，我觉得理所当然。可是，我又比他高尚多少呢？我在心里问自己。说实话，当初救少年我真的没多想什么，可是随着少年在治疗期间网瘾不断地发作，我萌生了一个念头，那个欲望越来越强烈，我要打开少年的内心，搞清为什么一个好端端的孩子会沦落到今天的境地？是什么导致了这一切？他没准能成为我下一个剧本的素材，尽管我不知道自己何时还能再写剧本，写好了剧本是否还会有人拍？

从网吧老板那里拿了一千多元，回来的路上经过一个书屋，我走了进去，书屋大都是儿童读物，屋角几本成人小说正在打折销售，我看见了那本曾经获得诺贝尔文学奖的小说，厚厚的，封面显然被许多人摸过又显然被多次放下过，我不怕厚，在医院我有许多无聊的时间需要打发，我买了这本帕慕克的《我的名字叫红》，书店老板像扔掉个烫手山芋一样高兴，夸我一看就是个做学问的人，我咧了咧嘴角自嘲。

回到医院时，少年刚睡醒。几天没白天黑夜地服侍他下来，我觉得他今天看我的眼神里戒备少了些，让他服药、吃水果似乎也比往常顺利了许多，可是，当我试图提起有关他的身世这些敏感话题时，他仍然拒绝回答。不能交谈，我们如同居在一室的病友各干各的，他躺在床上陷入他的冥想，我则拿出刚从书屋买来的小说《我的名字叫红》靠在另一张病床上看我的小说。我已经打定主意再过两天，如果少年还不开口，我就去找窦警官，让警察来处理这个问题少年。

这部小说曾获得过诺贝尔文学奖，一开始我就被作者奇妙的叙述吸引住了，看到精彩绝伦之处，我会兴奋地合上书，感叹作者渊博的知识和精深的文学功底，我会联想起自己那些曾自以为豪的作品看起来是多么的浅显而苍白，我才知道真正的大师和一般作者的差异，才明白自己对文学的追求与大师的境界犹如天壤之别。

可能是我太沉入小说了，少年被我的着迷吸引了，他走下床，看了眼被我抱在胸口上的书，重又回到床上，自言自语又似对我说，《我的名字叫红》？我以为什么好书呢？光看这么个傻×书名，就知道你是啥品位了。

这个时候，我无心与他理论，我只是说，别打扰我啊，我看书写作的时候，别说你，连我儿子跟我捣乱我都要踢他两脚呢。

少年不再开口，看我的眼神不同于平日。

不知道过了多久，天已经由亮变黑，不知道什么时候，少年将晚饭打来放在了我面前。饭菜的香味将我从书的玄妙中唤回，这是住院以来，少年第一次给我打饭，以前都是我为他服务。

我放下书，端起了饭菜，狼吞虎咽起来。

哼！我以为你看书就饱了，敢情也知道饿啊？我听见少年的讥讽。

食色性也，你不知道老祖宗这句话啊？我白了他一眼。

少年不做声，拿起我放在床头的书翻了起来，约莫几分钟后，少年合上书，我听见他又是自言自语又像是对我说，我妈妈也是画家，不过，她画的不是土耳其的精密画，她画的是油画。

嗯？我一惊，我问，你妈妈画技一定很棒吧？

少年看了我一眼说，那当然。小时候，别人的识字卡片都是买的，我的是妈妈画的，妈妈画在纸片上的水果、食物真假难辨，每次都被我当成真的吃掉了。

哦？一看你就知道你是个贪吃的家伙，这么多年，你妈妈现在一定是个有名的画家了吧？我问。

少年的目光很快黯淡了下来，笑容也瞬间凝固在了他消瘦的脸上，后来妈妈就不画油画了。

那她干什么去了？我知道马上就要有一扇门在我面前打开了。

她去画广告挣钱了。少年回答。

那你们家现在的生活条件一定很好喽?一看就知道你是在优越的家庭环境里长大的。我继续我的引诱。少年没有回答。

你是不是更喜欢画油画时的妈妈？少年仍然拒绝回答,我继续说,其实父母做什么不做什么都有他们自己的考虑,而且大多数是出于对儿女的考虑,也许在你妈妈看来,画油画不如画广告经济收入高,她肯定是想给你创造优越的生活条件,才牺牲了自己的爱好的。你现在可能不懂,长大了自然会懂了。所以不要执迷网络,不要让父母担心。

你,说够了没有?！少年怒吼着,脸上又出现了网瘾发作时的烦躁。

我不知道哪句话刺激了他,我打量着阴晴不定的他,觉得自己的耐心也到了极限,我说,你没有资格和我这么说话,第一,我比你大,按理你该叫我叔叔,第二,我不是你的亲人,我之所以肯照顾你,是不想看你年纪轻轻的死在这儿,你非但不感谢我,还这么没礼貌,从明天开始,你的事情和我没关系了,咱们是桥归桥,路归路,我纯粹是狗拿耗子多管闲事！

这一夜,我看完了帕慕克的书,这一夜,少年辗转反侧,除了去趟厕所,再也没见他发出任何声响。

第二天一早,我醒来,将网吧老板给的一千元钱扔在少年床头,说,不是我的钱,是找网吧老板要的,你留着用吧。你要是还有一点良心的话好了赶紧回家。说完,我就拿着自己的书离开了病房。

漫步在海边,说真的,我的心一点也不平静,我不知道自己该不该给窦警官打电话?该不该把少年的命运和网吧老板的商运一起交给警察处理？我觉得做出决定很难。

阳光普照,海浪起伏,都不能让我的心情好起来。

叔叔——

我听见身后响起少年的声音,我回转身来。少年站在我的身后，手里拿着一沓钱，对我说，叔叔，这是我住院用的你的钱，我问过医院交费处了，还给你。

我一把抓住少年的手，厉声地问：告诉我，你从哪里搞到这么多的钱？你知不知道你得了网瘾还有救，你要是做了贼就没救了！走，跟我去警察局！

少年显然被我拗疼了手腕，一下蹲在了地上，他另一只手从裤袋里掏出一张卡，举到我面前说，你看清了，这是我妈的信用卡，我的钱是我自己的，不是偷的！

我拿过信用卡，我自己也有这样的信用卡，我想我可能真的是误会少年了，看定眼前的他，我忽然发现，他看似蛮荒的心灵地带其实并不是一片盲区，从他追到这里还我钱的举动说明他还是有良知的。

我说，你知不知道？你在这里游山玩水，沉迷网络的时候，你的父母正在家里为你担忧，你最该做的不是还我钱，而是马上回家去还父母的养育之恩。

少年甩脱我的手，看定我足足有三分钟，然后背向我，面朝大海，咆哮的海浪声混淆了他的声音，他的话听起来是那么的沉闷而不真实——

没有机会了，再也没有机会了！

我诧异，上前拽过他的胳膊，他挣脱着，嚷着，我不用你管，谁他妈的都别在我这里充好人，我不需要！

他满脸的泪水，让我无法扔下他不管，我将他拉向岸边，伸手拦了辆出租车，送他回医院。

十五、致命游戏

我知道，你也许早在我的讲述里看出了端倪，你可能早就猜到了谁是凶手？我得承认，你真的比我聪明。我当时什么也没有觉察出来，直到窦警官来医院抓人，我才如梦初醒。

那是我将少年从海边拉回重新送他回医院后的第三天，当时，我正在病房里，少年已经基本恢复，他尽管没有和我说什么，可是明显地开始相信我，我们之间的关系犹如两个超级大国正在结束冷战阶段开始走向正常邦交。尽管我非常想知道少年的真实身份，可是我明白一切不能操之过急，只要我有足够的耐心，自会水到渠成。当然，我一天也没有忘记我来乳山的目的，我给窦警官打过电话，窦警官说，案情已经有了转机，出于保密他说暂时不能告诉我，让我耐心等几天，一有消息马上通知我。既然案子有警察操心，我就安心陪伴起少年来，我甚至想与其做自己力不从心的事还不如挽救一个生命更有意义些。

窦警官打电话给我，让我不要声张到医院的走廊见他。准是案子破了，不然窦警官不会这么神秘。

看来窦警官一直知道我没离开医院，我所有的一切都没有瞒过他的眼睛。走廊里，窦警官见我出来，问我是怎么认识小冰的？我问他谁是小冰？窦警官说就是你这几天照顾的网瘾少年啊，你不知道他的名字还是有意为他隐瞒？我说，他一直没告诉我他的名字，他怎么了？窦警官说，你知道他是谁吗？我摇头，至今少年都没有告诉我他的身世。他就是贺岚的儿子，你说的那个叫小冰的孩子。窦警官说。我说，不可能，他来这里做什么？你是怎么知道的？我问。窦警官说，我们在医院旁边的自动取款机里查到贺岚的信用卡的取款记录，从摄像头里发现了小冰。你忘记了？那天你和霞谈话时，我和你说我去了贺岚家，虽然我当时没见到这孩子，可是在他们家里看见过他的照片，值班医生说，这几天你都和他在一起。我们怀疑他就是杀害苑晴的凶手。我说，你是不是搞错了？一个手无缚鸡之力的孩子会是杀人凶手？打死我也不信。窦警官说，你写剧本是内行，我破案是内行，我现在没时间和你解释，我要马上带他回警局验指纹。窦警官说着就朝病房走去。看着窦警官的背影，想起少年刚刚恢复的身体，万一要是窦警官判断错误，我知道这个错误对他意味着什么，不但破坏掉我和他刚刚建立起的信任，还会让他从此再也不会信任任何人，我刚将他从死亡线上拉回来，不能又把他重新推开，我上前拦住窦警官说，等等，你这么做太莽撞，可不可以让我帮助你采集他的指纹？你先带回警局验证，确认了再对他采取行动？别忘了，他还是个孩子，不是有理性思维的成年人。窦警官想了想说，好吧，我相信你，你去吧，我在外面等你。

我不知道自己是怎样走回病房的，少年，不，我现在该称呼他小冰了，小冰见我进来问我，叔叔，你去做什么了？去这么久？我定定心说，没干什么，去见了一个朋友，你该吃药了吧？我知道那件事情尽管我不愿意也得去做。小冰说，叔叔，我自己来吧，我现在已经没事了，你不要拿我当病人了。我说，好吧。我看着小冰拿起水杯，倒水吃药，看着他正在恢复着的青春的朝气，心里五味杂陈。我走上前，拿过小冰刚刚放下的水杯朝外走去，小冰问我，叔叔，你干吗去？我愣怔了片刻，撒谎对于我是那么的难以启齿，哦，我去水房好好洗洗，消消毒。我快速走出病房，我担心引起小冰的怀疑，窦警官在走廊里等我，见我出来，掏出塑料袋将杯子装了进去，指着一个病人装束的人说，我们的人就守在病房门口，你暂时不要惊动他，有结果我会马上通知你。我看了看他，点点头，重新走回病房。

小冰正在翻看着我放在床头的那本《我的名字叫红》的书，没有在意我进来，我走到自己睡的床铺边躺下，很想静一静，试图找出小冰的杀人动机是什么？可是怎么想也觉得小冰没道理跑这么远杀苑晴，苑晴曾经告诉我她曾经是那么疼他，我不由得偷偷打量了眼在看书的小冰，怎么也看不出他会是心狠手辣的杀人凶手，肯定是窦警官怀疑错了，可是又怎么解释小冰来这里的目的呢？即使他真的是杀人凶手，杀完人为什么不赶紧逃离这里呢？我真想开口问他，让他讲出所有的真相，可是想起窦警官不要我惊动他的话，我还是忍住了。忽然，我听见小冰问，叔叔，你不是洗杯子去了吗？我点点头问，怎么了？小冰说，杯子呢？我猛然想起杯子被窦警官拿走了，我支吾道，哦，杯子让我不小心摔碎了，我出去给你买一个吧。小冰说不用了，叔叔，我自己去买。不不不！还是我去吧，我还想顺便买点别的。我拦下他快速穿上外套朝外走，我能感觉到小冰狐疑的目光像把刀子扎在我的背后。走廊里，我冲化装成病人的警察努努嘴后，朝医院外面的小卖铺走去，走到院子里我长出了一口气，我知道再面对小冰下去，我肯定会露出破绽。

当我拿着纸杯，提着一些水果回到病房时，病房的走廊里挤满了人，我快速拨开人群跑向病房，窦警官正站在门口，我知道我不想发生的一切都发生了。病房里，地上散落着小冰和我的一些东西，还有那本他刚看着的书被撕得一地纸片。我说，你们抓他就抓他好了，干吗要撕我的书？窦警官说，我就知道你会这么问，所以让他们押走了他，我留下来等你。书是小冰撕的，你刚出门，我们的人就听见他在屋子里折腾，正要进去，刚好撞上试图逃跑的他，我正巧也带人赶到了，指纹一模一样。那又说明什么？只能说明他去过苑晴家，不能肯定他就是杀人凶手。再说了，他的杀人动机是什么？小时候苑晴曾经那么疼爱他？我质问窦警官。窦警官说，你这个人好奇怪啊，按理说抓住了谋杀苑晴的凶手你该高兴才对，怎么是这种态度？我顿时哑口无言，是啊，我为什么如此烦躁而高兴不起来呢？是我不想抓到凶手还是我不希望凶手是小冰？我扪心自问。窦警官说，你问我的问题，我还想问你呢，你这些天和他在一起，他没和你说这些吗？还是你像答应霞一样答应了也为他保密？你这么说什么意思？是不是怀疑我也是同谋？你干脆把我也抓起来好了。我伸出双手，怒视着窦警官。窦警官见我真的有些急了，上前拍着我的肩膀说，作家，这点你还是应该相信我，我还是能分辨出谁是好人谁是坏人的。走吧，我请你去喝酒，喝完酒你我就都知道小冰的杀人动机了。

我承认我非常想知道小冰的杀人动机，而且，我也不得不对窦警官刮目相看，这些天来，我一直以为自己是完全自由的，不想一切行踪都在窦警官的监视之下，他是如何知道我与霞的约定，又是如何知道我和小冰在一起的？喝酒的时候，我问窦警官，窦警官笑着说，恕不奉告，不是怕你知道是怕罪犯知道，你知道了就等于昭告天下了，哪天你一高兴写出一本书，好人看了没什么，坏人看了不是又学会了对付我们的招数？可我是自由公民，你没权利对我采取这种非常手段侵犯我的隐私。我说。窦警官不急不恼地说，别忘了宪法赋予你隐私权的同时还赋予了我保证你生命权的职责，你说当你生命权受到威胁的时候，我是选择保护你的隐私权忽视你的生命权还是优先考虑你的生命权？我知道他是在狡辩，可是秀才遇到兵有理也讲不清。想起小冰，心里不好受，一顿饭吃得索然无味。

小冰承认杀害了苑晴，却拒不交代杀人动机。一连几天，窦警官使尽了招数，用尽了心思小冰就是不说原因，只是说，人是我杀的，你们枪毙我好了。问他杀人过程，他说，那天晚上他和苑晴吃饭时喝了酒，收拾完毕，苑晴斜躺在床上，喊他给她倒杯水，他走过去时看见苑晴的神情像极了他的妈妈，他本来不想杀她，想递给她一个枕头，可是他走到她身边的时候，竟然用枕头压住了她的脸，开始她以为是他在和她开玩笑，他听见她的声音有些发闷，似从很深的地方传来，别闹了，我快闷死了。那声音提醒了他，然后他双手按住了她的双手，整个前胸压住了枕头，就这样杀死了苑晴。窦警官说，那小子述说这一切就像讲一场他玩过的游戏，居然没一点罪恶感。这个孩子是怎么了？杀死人如踩死只蚂蚁一样无足轻重吗？我说，你没问他为什么杀苑晴吗？窦警官说问了，他说不为什么就是一时冲动。那么他是怎么来这里的？我问，窦警官说，他说他是听他们那里来过这儿买海景房的人说好像在这里看见过苑晴，他自己找来的。

小冰为什么这么关注苑晴？是因为他父母死后没有了亲人的孤单？还是因为苑晴曾经给过他母爱？或是什么都不是而另有隐情？我感觉小冰有个心结，他不想打开也不想让别人发现，他宁愿选择死，如他妈妈贺岚一样将秘密带进坟墓，也不想让外人知道。

这样是无法定案的，如果没有作案动机的话。窦警官发愁地说，作家，你经常写剧本，研究人的心理，你分析分析小冰为什么不说杀人动机？

只有一种可能，那就是相对于小冰，杀人动机比杀人本身更重要，更不能示人。我说。

要不，你去见见小冰，看你能不能让他开口？窦警官显然有求而来。我说，这个时候？那种情况下你将他从我身边抓走，他会对我开口说作案动机？你做梦呢吧？窦警官临走说，你总得做点什么吧？那个爱过你的女人至今还躺在太平间不能入土为安呢。

十六、杀父之仇辱母之恨

你总得做点什么吧?那个爱过你的女人至今还躺在太平间不能入土为安呢。朋友,试想一下,当这句话不停地回响在我耳边的时候,那样境况下的我会是什么心情?

那几天的我像只困兽,或囚禁在酒店的客房里或溜达在冷风刺骨寥无人迹的海边,我希望冥思苦想能解开小冰的杀人动机,我希望浩瀚无边的大海能让我思绪联翩找到苑晴被谋杀的根源。我寄希望自认为比别人机敏的脑细胞快速排列组合,发现这桩不该成为谋杀案的蛛丝马迹。

可以告诉你的是,我一无所获。

再次来到网吧,网吧老板正欲锁门回家。

冬季的网吧实在不景气,随着天气转冷,来网吧的人越来越少。老板显然是听说了什么,神情与上次我要钱时的惶恐明显不同,声调也高了不少,作家,怎么样?立功了吧?想不到那个三级海风就能掴走的毛孩子竟然能杀人?我看了看空旷毫无人气的网吧,说,你大呼小叫地诈唬什么?公安局还没定案呢。我来到我曾经改过剧本也曾是小冰经常玩游戏的电脑前,打开主机,老板走过来,你做什么?我说,我想看看小冰经常玩什么游戏?老板说,《反恐精英》《生化危机》什么的,反正都是些年轻人喜欢玩的刺激性游戏，我打开界面搜索小冰玩过的游戏，果然，我发现了老板说的几部游戏，我决定亲自玩一下，尽管我从没有玩过这类游戏，我要亲自体验一下这些游戏对小冰的影响。我进入了游戏，我发现这些游戏玩起来一点也不容易，短短的半小时里我就被踢出局三次，老板说，别看你写东西成，玩这你还真不如一个小学生。你行吗？我问。老板说，看和谁比了，和你比准行。那这样吧，我出钱，你把这几部游戏从头到尾给我玩一遍，我在旁边看着。老板说，你是不是想从中发现点线索？要是那样，你不用雇我，我给你找个人吧，走跟我走。我站起身，跟着老板来到网吧的另一个角落，一个比小冰更小的少年正专注地坐在电脑前玩游戏，老板走过去关掉电源，对少年说，毛毛，你从头到尾给这位叔叔玩一遍那几部游戏，他给你五十块钱，够你玩一个星期的了，干不干？被叫做毛毛的孩子看了我几眼，显然动了心，老板把他领到小冰经常玩游戏的电脑前，又给我拉过一个椅子，让我坐在了旁边，毛毛问我先从哪个游戏开始，我说你随便吧，毛毛很快就进入了一款叫《反恐精英》的游戏，我不知道这样做是否真能从中得到什么，看着屏幕上血腥恐怖的画面，看着毛毛全神贯注，身心极度紧张亢奋似乎被注射了兴奋剂一样的癫狂和痴迷，我赶紧让他更换了其他游戏，接下来的游戏仍然充斥着暴力和血腥，一名残忍的武士，他被神所欺骗而杀了自己的全家，他因此报复，杀戮成性，囚犯被他烧死，他用终结技将敌人活活撕成两半，手段残忍，场面血腥，毛毛手下不停地敲击着，嘴里不停地叫嚷着，亢奋异常，幼小的脸上呈现出与他年龄不相称的狰狞和凶狠，心神完全被恶魔所摄夺，沉浸在残忍的报复和凶残的杀戮中。一时间，我的眼前出现了幻觉，毛毛一会儿幻化成小冰一会儿又幻化成我的儿子，魔鬼正引领着他们走向毁灭走向毫无人性的未来，愤怒点燃了我心底的怒火，我抄起身下的椅子狠狠地向狂笑的恶魔砸去，毛毛惊恐地跌坐在地上，他显然还没有从杀戮中回过神来，不知道画面上的暴力怎么瞬间来到他的身边。网吧老板的反应迅速而果断，他冲过来抱住狂怒的我，冲着呆坐的毛毛喊，报警！报警！

十分钟后，呼叫的警车停在了网吧门口，窦警官从警车上走下来，他看着被砸碎的几台电脑，看着不依不饶的网吧老板，看着振振有词的我，指挥着随从封查网吧，让网吧老板和我一起去局里听候处理。网吧老板意识到去了局里显然对他弊大于利，赶紧把我拉到一边说，哥们儿，我知道你没有坏心，你也不是真的要和我过不去，纯属一时冲动。不就是两台破电脑吗？你只要赔我点钱，让我有个养家糊口的饭碗，我就撤案，咱俩私了。我知道你在这里人生地不熟的，好歹我也比你早来几年，警察那边我去打点，怎么样？我说，私了行，但是你得答应我，删除你电脑里的所有暴力游戏，不许未成年人进来，否则，我宁愿公了。网吧老板说，行，我一会儿就把告示贴出去，拒绝未成年人进入，这两台电脑我也不讹你，你给我五千块吧。你当作家的，胡乱划拉几篇东西就够我干上好几年的。我说，你真他妈的狮子大开口，这两台破电脑值五千？我不砸你也该淘汰了，你以为作家钱好挣的？你上网看看去，比我牛×大的作家都挂牌上街乞讨去了。你要是有诚意咱就谈，没诚意拉倒。网吧老板说那你说给多少？我说三千，多一分都不给。三千就三千吧，算我倒霉，网吧老板伸出手。我翻开钱包，钱包里面只有两千块多一点，我走过去，找正在指挥封门的窦警官说，借我点钱，明天我让老婆给打进卡里再还你。窦警官说，你干什么用？我说，这事我和他私了了，就不麻烦你了。窦警官说你考虑好了，真不用我管了？我说不用了，是我招他的，不是他惹的我。窦警官从钱包里给我掏出一千块钱，说，冤大头吧你。

网吧老板把钱拿到手，给经办的警官签了字，我便随窦警官一起离开了。车上，窦警官对我说，你猜那老板说你啥？我问他说啥？他说你神经病！窦警官递我一支烟。我说他别惹急我，让我再发现他网吧里有青少年玩暴力游戏，我还砸他去。窦警官说，你砸可是砸啊，下次把钱准备足了，砸自己的钱别砸别人的钱啊。我说，三千块钱他也没占啥便宜，我还出了口恶气呢。窦警官说你以为你够聪明，你以为把价杀这么低网吧老板肯定没占着便宜，他这么痛快，说明他还是觉得三千块钱够本。算了，我也不刺激你了，我请你喝酒吧，压压惊。

喝酒的时候，我问窦警官小冰这两天没交代什么吗？窦警官摇摇头说，还是以前那几句话，动机一句也不说，我们也不可能对他一个未成年人采取其他手段，想不到他比一个成年罪犯还难搞。我说，有什么想不到的，你玩一个月暴力游戏你比他还难搞，我算知道了，这网络暴力游戏比鸦片还厉害，不但让你上瘾还给你洗脑，你说，国家就真的没点招了吗？允许这些洪水猛兽毒害下一代？窦警官说，办法有啊，我们和文化局、工商局经常搞检查，就像毒品一样，国家管得还松吗？不是照样有铤而走险的人吗？这些现象不是一朝令下就能消声灭迹的，得慢慢来。你放心，网吧老板那儿，过几天我还安排人去突击检查他，他要是还允许未成年人进去，我下次准查封他。这次他说是你要找线索求他雇人给你玩游戏的，我知道你也是帮助我们破案心切，不过，有什么发现吗？我摇摇头说，没有，我一看见那叫毛毛的孩子那么痴迷，想起这些暴力游戏不知道害了多少孩子不知道还将害多少孩子，我就根本控制不住自己了。会不会小冰真的就是沉迷于暴力游戏一时混淆了网络和现实，毫无任何动机地误杀了苑晴？我听说有些游戏会让人产生幻觉的，也许我们把事情想复杂了，小冰没准又是一宗暴力游戏的牺牲品呢。窦警官分析。我想起网络上那些青少年因为网络游戏而群殴或者模仿暴力游戏杀人的事件，觉得窦警官说的也并不是不可能，可是真的是那样简单吗？苑晴之死竟是如此偶然而无辜？人的生命真的无足轻重到连脚下的一只蚂蚁都不如了吗？我忽然想起一件事情，我问，哎，对了，上次，我记得你说过在苑晴家的电脑上也发现了案犯的指纹，和小冰的一样吗？窦警官说一样。那说明他动过那台电脑，我们去看看他浏览过哪些网页？没准能发现什么呢。我说。你说得有道理，我和局长请示一下。窦警官拿出了手机。

再次来到苑晴的家，再次进入那有着我不想再想起而又无时不在想起的往事的房子，我多么希望奇迹发生，在我们推开门的瞬间，迎接我们的是苑晴灿烂的笑脸，而不是一所弥漫死亡气息的空房子。

窦警官走到窗户前打开窗户，我则径直走到电脑前，接通了电源，我搜寻着最近打开过的网页。忽然我发现了最新下载的一款名叫《复仇之子》的游戏，我进入了游戏，感觉这款游戏似曾相识，想起是网吧里那个孩子玩过的暴力游戏，莫非小冰真的是因为沉浸在网络游戏中不能自拔，而错杀了苑晴？可是为什么没有别的游戏而只是这款游戏呢？是他没有来得及玩其他游戏还是这款游戏里诱发了他的杀人动机？就像诱发我砸了网吧老板的电脑一样？我在网上搜索着有关这款的游戏攻略，在其中第三关的介绍中有一句话"杀父之仇辱母之恨"，让我如雷击顶，窦警官看出了我的异样，走过来问，发现了什么？我指着这句话让他看，窦警官说你的意思是？我迅速关上电脑，走，马上回局里，带我去见小冰。

十七、谁是真凶

我说不清我当时是什么心情，当我再次见到小冰，看见他原本苍白的脸越发的苍白，原本阴郁的目光更加阴冷灰暗，我竟然有种想上前将他拥进怀里的冲动。只是这冲动被小冰冷绝的目光阻止了，我知道我现在任何温情的举动在他眼里都是猎手对猎物的虚伪。

窦警官在场的时候，任由我费尽口舌，小冰就是一言不发。我知道这样下去问不出什么结果，用眼神示意窦警官让他出去，我和小冰单独待一会儿，窦警官走出房间之前对小冰说，我们知道你有难言之隐，可是如果你不说出详情，对你只能从重量刑，我希望你能给自己一条生路。

房间里只剩下我和小冰两个人了，我绕过隔开我们的桌子，走到他身边，抓住他带着镣铐的手，恳切地看着他，小冰，告诉我，这个世界上，你最爱的人是不是自己的父亲？小冰垂下了眼帘，不再憎恶地看着我。我接着说，其实我也是男人，我知道一个父亲在儿子心中意味着什么。尤其是你这个年龄段的男孩子，父亲在你眼中是一座山，它无时无刻不矗立在你的面前，你时时刻刻都在想着怎样跨越过这座山或者绕过它，可是一旦这座山轰然倒塌之后，你才发现原来这座山从来都不是你的障碍，它是为你遮风挡雨的屏障，是你随时随地都可以依附的靠山，而且任何人任何东西都无法替代它在你心中的位置，失去了它纵使你有天大的本事都无法将它挽回。是不是？小冰？

泪水正慢慢地在小冰的眼眶里蓄积，我知道它马上就要决堤了。我继续说，如果父亲的死是正常的生老病死，你或许除了悲伤还是悲伤，可是你认为你父亲的死是一种非正常死亡，有人该为此负责，或者就是某人致你父亲于死地的，于是你悲伤之外完全被一种仇恨锁定了，告诉我，那个人是谁？

一缕凶光穿过泪水从小冰的眼里射出，我知道那道紧闭的大门就要裂开缝隙了。

我继续说，如果只此一恨，或许你还会沉迷于《复仇之子》的游戏里，在网络的世界里一遍遍将你的杀父仇人碎尸万段，以完成你在现实生活里不可能实现的复仇。可是生活并没有像你期待那样就此停住违背你意愿的脚步，你还没有从丧父的创伤中恢复过来，又发现一个更大的罪恶正在发生，这一次是你的母亲，你将另一个男人对你母亲的爱视作了对你母亲的羞辱，杀父之仇辱母之恨让你彻底失去了理智，告诉我小冰，你母亲再婚的那一晚到底发生了什么？

那缕凶光正在泪水里慢慢弥散，我知道我已经抵达到了小冰心里的冰层地带，破冰而入的时刻即将到来。

我继续说，你自以为报了杀父之仇辱母之恨，没想到你母亲却为此付出了生命的代价，她死后，你才知道她是多么的爱你，她是你在这个世界上最后的一个亲人，而这之前，你以为她只是个自私的女人，为钱放弃了自己的专业，为欲舍弃了自己的家庭，让你没有想到的是她最后为了你竟肯放弃了生命！

住嘴！住——嘴！你他妈的住嘴吧！求你了！小冰号啕着扑向我，他带着镣铐的双手试图击打我，我紧紧抱住了他，像抱住自己的儿子，我的泪水也喷涌而下，纵使他犯下了滔天大罪，可在我面前在我怀里的他毕竟只是个十七岁的孩子，十七岁正是生命的参天大树抽枝拔节的时候，正是该长在阳光下，雨露里，长在成人的呵护下，长在对未来美好的憧憬之中的啊。

我自己曾经有过这个年龄，我的儿子有一天也会经历这个年龄。

知道真相对你很重要吗？平静下来的小冰直视着我问。

我点点头，我说我千里万里追寻而来，我舍家弃业执着于此就是想知道这一切是因为什么？

小冰问是因为写作？我摇头，我知道我必须说出真话才能和他交流。我说是因为一个女人，那个我们都认识的女人，她在你年幼的时候爱过你，她在生命的最后时候爱过我。

小冰说，我早知道你和她的事，我在她的电脑里看见过她写给你的信，好像是六十二封。

六十二封？我快速转动大脑硬盘，检测着六十二会与什么发生关联？是我与苑晴分开的日子，这么说我离开后，她每天都给我写一封信？那些信存在哪个盘里，我怎么没看见？我问。

都让我给删除了，我又不知道你会来，你是不是很想知道她写了什么？小冰问。

我点头，我很想知道，但又怕尴尬。

小冰说，很小儿科，就像我们初中生写的情书，当然还说了许多她的经历，她临死的那晚喝酒的时候我问她你是谁，她和我说起过你，我还偷听过你给警察打电话，你是个编剧，我知道你和她有过一夜情，你们大人那点猫腻瞒得了谁？

我说，你还小，你还不明白成人之间的感情，一夜情未必不会念念一生。她和你说我什么？

说你和我团长叔叔是一样的人，你们都有才华又都管不住自己，让我长大了学你们的好，不要学你们的错。

既然这样，你干吗要对她下毒手？我问。

那我告诉你吧，省得我死了，你一生都无法解开这个谜。小冰一副想恩施什么的表情。

我说，谁说你会死？我问过警察，犯罪时你还不满十八岁，可能会判很重的刑，但是不会是死刑。

小冰冷笑了一声，等你听我把事情讲完了，就不会这么说了。

从我懂事起，我的父母就经常吵架，我妈妈看不上我爸爸，嫌他没志向不求上进，我不知道你们大人都是怎么回事？当初搞对象的时候没长眼睛？不知道找什么样的人？小冰看了我一眼。

我将水杯递给他说，可能是他们成长的年代和你们的年代不一样，那个时候不像现在思想这么开放，现在的年轻人可以同居，或者试婚，那个时候不是经别人介绍是自由恋爱结合的就够让人羡慕了。

哼，反正他们总是打不完的架，小冰继续说，苑姨和团长叔叔就住在我们隔壁，经常为我们家劝架，我父母每次战争结束后，我总是睡在苑姨的床上，只有在她怀里我才不会害怕，才能入睡。说实话，那时候我真希望我妈得病死了，让苑姨做我的妈妈。苑姨和团长叔叔很少吵架，他们家总是笑声不断。后来，我妈停职开了家广告公司，第二年，我们家就买了新楼房，从群艺馆宿舍搬走了。我当时很不习惯，虽说因为妈妈忙，他们之间吵架的时候比以前少了，可是每次我还是习惯于他们一吵架就跑去苑姨家住，经常是苑姨再把我送回家。

后来，有一次，妈妈等苑姨走后狠狠打了我一顿，说我以后再往她们家跑就先打折我的腿。后来，他们打架时我又跑到了苑姨家，苑姨说那次我挨妈妈打她都听见了，她说她以后不再送我回家，让我待够了自己回去，省得妈妈知道了再打我。我那会儿已经五年级了，我问苑姨是不是妈妈和她闹矛盾了，苑姨摸摸我的头说，小毛孩子不许操心大人的事，要不长个少白头就没人喜欢了。

说起来，爸爸是很疼我的，只是他的疼和别人的爸爸不一样，他跟我就像哥俩儿一样，经常在一起玩，一起闹，爸爸也许不是个好丈夫可是却可以称得上是个好爸爸，反正我喜欢爸爸多于妈妈。爸爸出车祸时，他们不许我去看，其实说实话，我当时对死亡并没有那么深的认识，看着妈妈、奶奶、爷爷和姑姑的悲痛欲绝的哭号，我好像超然物外一种旁观者的感觉。我第一次深刻感觉悲伤的时候，是苑姨和团长叔叔来我们家，妈妈哭着向苑姨伸出了手，而苑姨却把我揽进怀里的瞬间，我忽然觉得爸爸再也不能向苑姨这样抱我了，那一刻，我号啕大哭。再一次就是火化爸爸的时候，大人们仍然不许我看爸爸的遗体，我被爸爸单位的两个叔叔死死地架着，我哀求他们让我最后看一眼爸爸，可是他们就是不许，爸爸的遗体被推出来的时候，我想扑上去，掀开那块遮他的白布，我一次次扑上前又一次次被拖开，他们就是不许我看，爸爸是在我狂骂他的两个同事的骂声和哭声里被火化的。事后，那两个架着我的叔叔说，小冰，等你长大了就知道叔叔这么做是为什么了。

他们不知道，不久我就知道他们这么做是为什么了，我是从同学私下议论里偷听到的，爸爸是醉酒后驾车，他直接撞上了一辆超载坏在路边的卡车，卡车装满了伸出车厢的钢筋，爸爸撞上的时候，钢筋穿过车窗穿透了他的头颅，处理现场的时候，他面目皆非，血烂模糊的头和身体只有左侧的一层皮相连。大人们不让我看他的遗容是怕吓着我，怕在我心里留下恐怖的阴影，影响我成长，可是他们不知道，自从我偷听到了同学的议论，爸爸惨死的画面就占满了我的脑子，我想象着各种能够想象出的惨状，白天黑夜都停止不下来，我无心上学，也无法睡眠，从那时起我迷上了网络游戏，只有沉浸在游戏里，我才能停止想象爸爸的惨状，而且我变得少言寡语、心硬如铁，妈妈的眼泪和哀求也不能让我的心思回到学习上来。

小冰脸上的凄楚令我不忍目睹，那种凄楚应该是属于九死一生，历尽沧桑的成年人的，如今竟然出现在十七岁的年轻人脸上，孰之过？谁之罪？我如鲠在喉，我强迫自己听下去，听着这远出乎我想象的经历。

叔叔，如果事情真像你刚才所说的就这样下去就好了，我也许还在学校里，还在沉迷于游戏里，做一个不讨人喜欢也不遭人恨的学生，妈妈也不会死，团长叔叔和苑姨也不会死。可是该来的一定要来，不会因为不想就不来啊。先是苑姨和团长叔叔离了婚，再后来是团长叔叔和妈妈走到了一起，其实刚开始，我觉得团长叔叔是因为我才走进我们家的，爸爸死后的一段时间里，我开始逃学，妈妈开始还是和我讲道理，后来有一次，我记得那天正下着大雨，因为我玩游戏妈妈和我吵了起来，妈妈打了我，我一怒之下跑出了家，临出家门的时候，我对妈妈说，你就逼吧，爸爸让你逼死了，下一个就轮到我了。可能是因为我这句狠话，妈妈不放心冒雨跑出去的我，跑出去找我，碰巧在路上遇到回艺术团的团长叔叔，我躲在一家水吧里亲眼看见他们俩在雨里一家一家网吧地寻找我，在黑暗的大街上呼喊着我的名字，我冷冷地看着他们在大雨中奔走，冷冷地听着妈妈撕心裂肺的呼唤，无动于衷。其实无动于衷的只是我的身体，没人知道我的心正在翻江倒海，我多想那个陪着妈妈在雨中找寻我的男人是我的爸爸啊，我多想再做个有爸爸妈妈疼爱的乖孩子啊，可是，上帝竟在一夜之间偷换掉了这一切，更可恨的是他在偷换这一切的时候连个招呼都没打。

妈妈和团长叔叔从那以后就在一起了，为此我曾经找过一次苑姨，我想知道他们的离婚是不是因为妈妈，可是我没有找到她，离婚后苑姨就搬出了原来的家，我到她们单位找过她，单位人说苑姨请了长期病假，很久没来上班了。后来我想也许没有妈妈的原因，他们离婚在前，妈妈和团长叔叔在一起在后，而且如果妈妈再婚是迟早的事，找个熟识的人怎么也好过一个陌生人做我的继父。妈妈自从有了团长叔叔，对我的管束也不像以前那么歇斯底里了，既然这样都能使大家活得轻松些，何乐而不为？况且现在离婚也是时尚，我们班就有五个同学是单亲或者多亲家庭，知道我妈妈即将再婚的时候，他们几个曾经请过我，说欢迎我加入他们的队伍。如果不是那张光盘，事情也许，不，肯定不是现在这个样子。

什么光盘？我问。我仿佛记得苑晴曾经也提起过一个光盘。

别打断我，听我讲完，该你知道的时候自然就知道了，我最烦我说话的时候别人插嘴，你要想知道真相的话就耐心点儿。

好吧，你讲。我只好妥协。

我妈妈和团长叔叔结婚的那天，我在学校接到了一个邮政快件，我打开一看是张光盘，里面什么字也没写。我很好奇，就和两个好朋友跑到网吧看了起来，画面刚一打开，我就发觉不对头，里面的场景我太熟悉了，是我父母的卧室，接下来走进来的两个人我也认识，是妈妈和团长叔叔，再下来的一切让我无地自容，我啪地关上电脑，对发呆的两个好朋友说，今天这事，谁他妈敢漏一点口风，我就废了谁。那两个同学平时就是铁杆，我谅他们也不敢到处乱说。那天晚上，是妈妈和团长叔叔结婚的日子，我没有回家，我知道我回去也是多余，我知道他们在做着什么，我什么也做不下去，满脑子想的是寄这张光盘的人到底是谁，他想做什么？是专门想恶心我，还是想敲诈我？睡不着，深夜我翻墙溜出学校，来到网吧，找了个僻静的角落，重新看起这张光盘。开始我只注意了内容，没有注意到光盘刻录着时间，4月10日，我爸爸是4月11日死的，光盘显示的时间恰好是我爸爸出车祸的前一天，我脑子登时嗡的一声，难道说，团长叔叔和妈妈不是爸爸死后因为我才走到一起的？是他们早在爸爸生前就勾搭成奸了？难道说爸爸的死是因为看了这张光盘？知道自己被戴了绿帽子气愤之下喝多了酒才出了事故？而今，爸爸尸骨未寒，他就迫不及待鸠占鹊巢了？我越想越气，光盘里的画面刺激着我，这对不要脸的狗男女，要了我爸爸的命又毁了我一生的幸福，而他们此刻却在毫无羞耻地享受着奸情。我玩过的一个游戏叫《复仇之子》,没想到里面杀父之仇辱母之恨的情节竟然在我身上上演,我得做点什么了,那时候我脑子里只有这个想法,我是从头到尾玩完这款游戏才回家的,家里静悄悄的,我用钥匙打开门,摸黑来到厨房,夏天的时候,爸爸新买了一把切西瓜的刀,开了刃,锋利极了,爸爸当时嘱咐我说,不要拿着到外面玩,要是让警察看见了会被当管制刀具没收的。我又摸黑来到爸爸妈妈的卧室,在爸爸平时睡觉的位置上团长叔叔酣睡着,妈妈躺在里面,可能是应付了一天亲朋好友闹新房疲惫了,他们睡得很熟,丝毫没有察觉我走进来。当我双手把刀奋力扎进团长叔叔心脏的时候,我也曾犹豫了瞬间,可是爸爸惨死的样子、光盘里那些不堪入目的画面和游戏里复仇的酣畅淋漓同时交织在我的脑子里,我闭上眼睛狠狠地扎了下去。

这么说,团长不是你妈妈杀的而是你杀的?

我早该想到的,当时苑晴讲给我听的时候,我就觉得贺岚杀夫动机蹊跷,那时我以为贺岚的儿子不过是个乳臭未干的毛孩子,谁会把一个十五岁的少年和一个杀人犯联系起来呢?

小冰扫了我一眼,没有回答我的话。我明白他的意思,赶紧闭上嘴巴。

是团长叔叔的惨叫惊醒妈妈的,妈妈拉开了灯,灯光是那么的强烈,我用胳膊挡住了双眼,妈妈尖叫着哭起来,小冰,你在做什么你做了什么啊?我拿开手臂,朝她吼叫着,不要脸!是你们害死了我爸爸,是你毁了这个家!团长叔叔朝我伸出手,血从他的嘴角流出,他想说什么,可是他什么都说不出来了,妈妈抱着他的头哭着,是我害了你,我对不起你啊。团长叔叔的声音微弱得几乎听不见,他说,我不行了,救我,救,救我。妈妈看着刀扎的位置,哭着摇头,妈妈搞过雕塑解剖过人体,知道我这一刀扎的是致命的地方,无论拔出刀还是不拔出刀他都必死无疑。团长叔叔的脸狰狞着然后便陷入了昏迷,那一刻,我真的害怕了,我想到了后果,我感觉腿软无力，瘫坐在地上。妈妈指着我身后的抽屉说，带上那个包，那里有卡和存单，密码是你的生日，快跑吧，跑得远远的，无论发生了什么，都不要回来，回来你只有死路一条。然后，妈妈叫着团长叔叔的名字，说，我对不起你了！我看见妈妈双手握紧我插在团长叔叔心口上的刀柄用力插了进去，团长叔叔身体一挺就再也没动弹。我吓傻了，妈妈绝望地看着我，你还不走？你还想亲眼看着我杀死自己吗？我知道妈妈的脾气，我拉开抽屉，拿上妈妈说的包跑出了家门，直到妈妈被枪决我也没敢回来。

我将小冰放在桌子上的水再次推至他的面前，我听见我的声音沙哑了，事已至此，后来为什么还要继续杀人呢？小时候你苑姨那么疼你，你为什么还要对她下毒手呢？她在整个事件里是无辜的啊。

她无辜？哼！你真弱智，比我还弱智，她就是造成这一切的罪魁祸首！小冰仇恨地看着我，仿佛我也是苑晴的同谋。

你胡说，你有什么证据侮蔑她？我反驳。

别以为她和你睡过，你就认定她是好人，她如果要是好人她就不做那些事了。

她做了什么？让你这么恨她？我不解。

她做过什么？我告诉你她做了什么！小冰情绪激动地说，开始，我也把她当作好人，当作亲人，有了委屈甚至不和妈妈说也去找她。是妈妈的死让我看清了她的真面目。逃出家门后，我惶惶不可终日，我担心警察有一天会发现真相捉拿我归案，可是随着时间的过去，没有人想起我，这期间我曾经回过几次奶奶家，我曾哭着告诉奶奶、爷爷和姑姑事情的真相，可是奶奶和姑姑赶紧捂住我的嘴不让我说，姑姑说只要你妈在里面不认罪，只要团长家里没人追究到底，姑姑再托人花点钱上下打点一下，公安是判不了你妈死罪的，可要是你走漏了一点风声，最多只是再把你抓进去，也减轻不了你妈的罪，毕竟人是你妈最后捅死的。姑姑还说，小冰,咱们家已经败成这样了,为了爷爷、奶奶,你再不能做任何蠢事了。当时我觉得姑姑说得有道理,可没想到他们一直对我隐瞒着案件审理的真相,直到我听说妈妈因为我而伏法,我才知道我有多么蠢,我才知道妈妈爱我是可以豁出命的。

妈妈死了,我失去了这个世界上唯一的亲人,尽管爷爷、奶奶和姑姑后来为了照顾我住进了我和爸爸妈妈的家,但是在我心里他们对我再好也不是我的爸爸妈妈,妈妈再不好,她活着的时候,我每次回来都知道回的是家,没了妈妈的家,回与不回都没有家的感觉。那时我因为长期逃学已经被学校开除了学籍,我索性天天泡在了网吧,成了地地道道的网瘾少年,我每天玩的游戏最多的还是《复仇之子》,玩这个游戏我中途不能间断,只有从头到尾一次闯关成功,我才觉得舒服。有一次,我玩了五次,前四次都是中途出局,第五次我才一鼓作气玩到了最后一关,当面对那个元凶的时候,我停下了,我忽然想起,游戏里的元凶我已经找到,我可以在这里杀死他无数次,可是让我落到今天这个地步的真正元凶呢,我至今还没看清她的真面目,这害父杀母之仇我是一定要报的。从那天开始,我就仔细梳理造成这一切的根源,我想起了那张光盘,一切厄运都是从这张光盘开始的,我爸爸是因为看了这张光盘失去了理智出了车祸,我是看了这张光盘失去了理性杀了人,妈妈为救我丧了命,是谁这么恶毒?录制了这张光盘?不但让我爸爸看了它还把它寄给了我?想来想去,我觉得只有一个人,就是我一直把她当作亲人的那个女人!

小冰,你误会了,你苑姨生前的时候和我提起过这张光盘。我打断小冰。

她怎么和你说的?小冰逼视着我。

她说,光盘是你爸爸录制的,在他出车祸的那个晚上,他约你苑姨把光盘交给了她,你爸爸是送完你苑姨回家的路上出车祸的。我原封不动地学说了一遍苑晴当初讲给我的经过。

胡说！我爸爸根本不会做那样的事！小冰驳斥说，有人曾经看见，我爸爸出车祸的那个晚上和苑姨在酒吧出现过，准是她约了我爸爸，给他看了光盘或者是告诉了他我妈妈和她丈夫偷情的事，不然，我爸爸不会喝那么多酒，不喝那么多酒他根本就不会撞上那辆该死的卡车！

你误会你苑姨了，你不能凭借着想象就妄下结论。你想过没有？光盘里面的场景是哪里？你说过的是你们家，你苑姨有可能堂而皇之地进入到你们家安装好摄像头吗？只有你爸爸有充分的时间做这一切。

小冰显然没有想到这一层，他愣怔了片刻，说，就算你说得有道理，可是她还是把光盘寄给了我，她为什么要这么做？她不就是想报复我妈妈吗？她认为团长叔叔背叛了她，我妈妈夺走了她的丈夫，她要报复，她要让我看了光盘后把妈妈和团长叔叔视作杀父仇人，仇恨他们一辈子！

你怎么就能肯定光盘一定是她寄给你的？你怎么能这么武断地因此就决定一个人的生死？面对着小冰冥顽的心灵，我听见我的声音变了调。

我就知道你会为她辩解，不是她还会是谁？我妈妈早就说过，别觉得她小时候看上去比我妈还疼我，她那是因为自己不会生孩子，无论谁家孩子在她眼前她都会那么稀罕的。你别以为你和她睡过觉，就自以为了解她了，我告诉你，在我玩过的游戏里，这种看上去长着一副美丽的外表，实际上内心赛过毒蝎的女人多的是！

你胡说！你小小的年纪还没走上社会，内心怎么就这么阴暗？是谁把你教导成了这样？在事情没有彻底弄清之前，你没权利污蔑任何人！

我没权利侮蔑她，你更没权利教训我！你以为你是谁？你以为我不明白你接近我的目的？别在我面前装正人君子了！你表面上关心我，实际上就是想从我嘴里掏出真相，好去印证那个缠绕在你心头时时都在折磨你的念头，那个和你睡过觉的女人是天使不是婊子更不是恶魔！那样，你的良心就平静了，你就能在世人面前继续你的道貌岸然了。你没想到事情会是这样吧？从我这里知道的一切让你失望了吧？我告诉你，那个姓苑的，你看上去圣洁高傲又风骚的女人，是个披着人皮的魔鬼！她不但毁了我的全家，还让你从此内心不得安宁，就像吞了一只苍蝇一样，毒不死你却恶心你一辈子！

浑蛋！闭嘴！我让你满嘴胡说八道！我迎着那充满恶毒的眼神，冲着那张犹如不断地喷吐着毒雾的嘴扇了过去。

住手——门被撞开，窦警官和另一个警察破门而入，原来我与小冰的谈话都在他们监视之下，窦警官冲过来，拉开我，连拉带劝地将我推到门外说，好了好了，消消气，到我办公室喝口水等我十分钟。窦警官招招手，一个警官过来将我带走。

十八、海葬

这个教训恐怕会让我记住一辈子了。无论什么时候，都不能轻视别人，哪怕他只是个十七岁的孩子，哪怕他看上去还乳臭未干。

小冰的话让我重新反省着自己。我得承认，尽管他在推断谁是罪魁祸首上漏洞百出，却一眼看穿了我的内心。我此刻的心态正像他所说的那样，当初我的介入除了源于一种冲动和想为苑晴做点什么的心情，其实还有着一种不为人知的心理，那就是想印证那个我曾经在乎过的女人是不是在我之后艳遇不断，因而引起情杀？现在，随着时间的过去，随着调查的深入，随着接触那么多熟识苑晴的人，听着想着他们嘴中的我根本不了解的苑晴，我发现我正陷于巨大的矛盾中，我不知道该站在哪方的立场，不知道哪些话是真哪些话是假。我不停地为自己的坚持辩解，又不停地推翻一次又一次的坚持。我一方面自我掩饰着，一方面又怕窦警官他们看出，其实我早该打点行囊回家了，我所以坚持到现在不走，早已不是因为别的什么而是为着自己内心的平静了，那个看上去高傲圣洁的女人怎么会和嫉妒、报复、龌龊这样的字眼儿发生关联呢？没想到我刻意遮掩的，我不敢正视的内心，竟然被一个乳臭未干的毛孩子一语道破。

窦警官找我来的时候，我正犹豫着何去何从。我没有在窦警官的办公室等，而是径直回了旅馆。

案子破了，我得感谢你。窦警官扔给我一支烟。

我把玩着手里的烟，苦笑着，我没做什么，明天我该回去了。

窦警官说，肯定得回去，但不是明天，还得陪我做件事情。我抬起眼睛看他。他根本无视我的表情继续说，局里决定明天火化苑晴的尸体，和她那个没有血缘关系的哥哥联系过了，他说他没有义务替她处理后事，她没有别的亲人，而且又把唯一的房产赠与了你，尸体已经在太平间放置很久了，不管她做了什么，怎么也得让她入土为安啊。

我没理由不答应。

火葬场。这是我与苑晴分别后最近距离地与她相处，白被单，冰冷的钢架上躺着毫无知觉的躯体。这是那个我认识的和我有过肌肤之亲的女人吗？这是那个站在岸边仅凭背影就能让男人怦然心动的女人吗？为什么我竟没有了走近她的冲动？

还看看她吗？她的神态还算安详。窦警官走过来问我。

我摇摇头，心里说就让我的印象里永远鲜活着那个翩翩而起的舞姿吧。

窦警官按照当地的习俗为苑晴送行，我捧着鲜花默默地跟随着他做着一切。

当一缕轻烟从高高的烟囱袅袅升起，当轻烟缠绕住远处缥缈的白云，一股巨大的悲怆瞬间淹没了我——

苑晴，你怎么以这样的方式与我再见？

苑晴，你怎么能以这样的姿势与我永别？

我看着那飘逝的云烟哽咽，苑晴一路走好，天堂里没有欺骗，愿你在那边无怨无恨，做一个快乐的妻子，幸福的母亲——

她在别人眼里是魔鬼与我何干？在我面前是天使就足够了，我有什么权利要求她在我面前做天使在别人面前也做天使？

哭过之后，我发现自己的心绪平静了许多。

下午，窦警官雇了只渔船，我们俩决定将苑晴的骨灰撒入大海。

开始，窦警官听我讲苑晴生前将她前夫的骨灰撒在了乳山，说他们当地的风俗是夫妻应该合葬在一起。我说，苑晴生前曾经和我说起过，乳山是女神的怀抱，大海是男人的胸膛，男人和女人各归其所来生才会幸福快乐，而且她还不止一次和我说起过，她时常会感受到月光下的大海的召唤，既然她是奔海而来，就让她魂归大海吧。窦警官没再坚持，说，还是你们文人浪漫，我们祖祖辈辈生活在这里，也没人这样认为。

大海深处，窦警官和我将鲜花和着苑晴的骨灰轻轻撒向大海。返程的时候，窦警官说，苑晴生前绝没想到，两个非亲非故的男人会为她送最后一程。我说，我也没想到自己能为一个一面之交的女人做这些。命运有时候真的令人匪夷所思，不知道什么时候会遇上什么事。窦警官说，有时候也是一种缘分，你我有今天，其实早在我们这里开发海景房那天就注定了，那时候，我还在做我的警察，你还在做你的剧本，谁能想到天南地北，两个不搭界的男人今天会坐在同一条船上为一个不相干的女人送终，不是缘分是什么？我点头。窦警官又接着说，其实，我心里明镜似的，你心里不舒坦，没想到案子竟是这么个结果。可能你是个完美主义者，难以接受苑晴的另一面，我办案多了，遇到的大都是性格有缺陷或者做事极端的人，见怪不怪，人人心里都有魔鬼的一面，谁不愿意做天使？做魔鬼有做魔鬼的无奈和苦衷，人人都不是他人，如果这个世界没有罪恶，我们这行就没有存在的必要了，想想那个女人生前曾经那么在乎过你，曾经将她生命里最后的灿烂展现给你，今天你为她做什么都值得。

我笑笑。我早该想到，窦警官其实比小冰看穿我更早，他没说破只是在等待时机。我拍拍他的肩，尽管谢谢没有出口，我也深知我这一趟不虚此行。

远处，夕阳正慷慨地将金晖撒向大海，海浪温柔地起伏着，如舞动一袭华美的锦袍，忽而皱起忽而舒展，必是落日也在缅怀什么，将这份宁静和安详赠与曾经守望过它的女人吧？

真美啊！我由衷地感叹道，我知道大海为什么能让人如此痴迷了，我知道苑晴为什么固执地认为这里是可以死的地方了。

窦警官说，我去过许多地方，我从来没有感觉哪个地方美过我们乳山，这也是我警校毕业后，放弃了那么多选择执意回到家乡的原因。你知道吗？

我问，什么？

连小冰那么冷酷无情的孩子都留恋这个地方。昨天你走后，我继续审问了他，问他怎么杀的苑晴，他说的基本和前次说的一样，说他见到苑晴时，也犹豫过，那天晚上，苑晴请他吃完饭，本来想送他去旅店休息的，可是小冰非说玩完一遍游戏再走，玩一遍《复仇之子》需要两个多小时，苑晴等他的时候，睡着了，小冰说，那天他怎么玩都没能打成通关，暴躁和仇恨终于让他对熟睡的苑晴下了手。后来，我又问他，杀完人为什么不逃跑？你猜他说什么？他说，游戏里说了最危险的地方也是最安全的地方。游人多，警察根本不会注意到他，还说这里空房子那么多，他想住哪儿就住哪儿，根本无需住旅馆。让我最想不到的是，他说他念过的课外读物里有一首诗，写的是春天的大海，他说他来的时候已经是秋天的大海了，要是咱们不抓住他，他最起码要等到春天，看看大海春暖花开的时候是什么样子再回家。这会儿的孩子真让人搞不懂，杀人没一点心慈手软，却冒着被逮捕的危险等着看春天的大海，作家，你说说，这是什么心理？

我说，我知道那首诗，那是一个叫海子的诗人写的。

是吗？哪天我得找到那首诗拜读拜读，看看那个诗人怎么有那么大的能耐，居然让一个杀人不眨眼的冷血少年爱上大海的。

我没有解释，如果是在往常，出于对海子的敬仰，我肯定会按照自己的认识解释一番那首诗，我不希望人们仅凭字面的意思误读海子，此刻，我忽然觉得误读不误读又有什么关系呢，既然它能走进每个人的内心自有它走进的道理，热爱应该是毫无道理可讲的。

唉——听说以后可能要在这附近建核电站了，真担心会大煞风景，作家，哪一天你在作品里为我们乳山呼吁呼吁吧，别让这片美丽毁在我们手里，不要让子孙后代骂我们是千古罪人。窦警官继续说。

你觉得我能有那么大的影响力吗?你见过哪个作家或者哪部作品能左右政府的决策的? 我问。

其实我不知道，几个月后，中国真有个叫莫言的作家确确实实左右了他家乡胶东平原的父母官，诺贝尔文学奖没让莫言忘乎所以，反倒让他们突发奇想，居然想让那片原本长着蔬菜、玉米、大豆的原野改种莫言笔下一望无际的红高粱。而且，莫言居然是窦警官的老乡，看来什么时候，人都不要把话说满。

窦警官说，我是有病乱投医，可能是我太爱我的家乡了，有人把家乡比作母亲，其实，在我心里家乡更像新娘，她那么娇美，那么清纯，我容不得她有任何闪失，也容不得她有丁点儿瑕疵。

什么东西在窦警官的眼里闪亮了一下，我惊讶地发现这个刚硬的山东汉子心里原来深藏着这么块柔软的地方，我再次拍拍他的肩，放心，只要有机会，我会的。

上岸分手的时候，我与窦警官握别，帮我买张卧铺票吧，我明天回去。也许，我很难会来这里了，我希望你常来北京。

话别说得那么早，妄下定论是我们这行的大忌。明天我买到票和你电话联系，今晚我要招待一个客人，就不为你送行了，别骂我不够哥们儿啊，我也是情非得已。

我发现窦警官说这话时，眼角有一丝不易察觉的狡诈。

莫非他有什么猫腻？这念头只在我心头一闪，很快就被克制住了，管他呢，无论什么猫腻都与我无关了，我已经决定将苑晴赠与我的楼房交他管理，或者卖掉或者出租，那些所得除了补助一些小冰在狱中的教育经费外，在乳山建立一个救助流浪儿童基金会，我想，苑晴在天之灵有知的话，一定不会反对我这样做的，离开前，我独自走进苑晴的家。

一切都是她活着时的样子。巡视着房间里的每个角落，我依然能感觉到苑晴的气息，那温婉的招呼我洗澡的声音，那厨房里飘出的饭菜的香气，那婀娜的舞姿和留有她体温的沙发、卧具，苑晴无处不在而又处处不在。我承认我已经没有了那种痛彻心扉的感觉，我足够冷静，也足够清醒，人死不能复生，不能复生的还有过去的我，那个乐于在泥潭里打滚，无所顾忌无所畏惧，醉生梦死的男人，似乎也追随苑晴而去。

苑晴的那台电脑，我曾经改过剧本的那台电脑，被我再次打开，我试图寻找到小冰说的那六十二封苑晴写给我的信，我知道真相一定就隐藏在其中，那些苑晴当面与我不得言说的，那些她不肯活着时示人的秘密肯定也包含在其中，可是我查遍了所有的硬盘，甚至连回收站也没有放过，那六十二封信被小冰彻底地删掉了，没有留下一丝痕迹。

我清空了电脑上的所有文件，仔细擦拭着电脑，关机。不管这台电脑今后的主人是谁，我都希望他或她开启的是一尘不染的界面。

对于我，这里的一切都将成为过去。

十九、结局总在意想之外

我知道此刻的你看到这里，肯定以为我的故事讲完了，其实，当时的我也和你一样，有种尘埃落定的感觉，不然，我不会痴痴地呆站在岸边，期待着那美丽的背影出现在黄昏的沙滩，不然，我不会像电影里多愁善感的小生一样，独自来到苑晴第一次带我来的小酒店，再一次在老板不解的目光里点了和那天一样数量的饭菜，却迟迟没有动筷。不然，我不会再次踏进那座红瓦铺顶的小屋，一一抚摸那些我熟悉的物件，想象精灵般的舞步悄然旋起。不然，我不会克制自己，不去想那美丽的身影里包着怎样一颗创痕累累的心，不去想那创痕累累的心如何驱使那美丽的身躯去行径龌龊和恶毒。不然，我不会把这一切都归罪于命运，归罪于人性。

苑晴活着的时候曾经跟我说，上帝不应该取男人的肋骨造女人，应该取男人的一半心造女人，那么男人和女人就会息息相关、心心相印了。果真如此，那么这个世界上还会有阴阳，还会有水火之分吗？没了阴阳，没了水火的世界，能生长出什么？我不知道，人类是该庆幸还是该诅咒造物主的失误？

入夜，我站在酒店九层高的阳台上，凭栏眺望远处的大海，黑暗吞噬了海面，只有涛声前仆后继地在传来，让人感受着海的奔腾不息。宽阔的广场上，灯光闪烁，幽静安谧，每一盏灯都像是一颗被点燃的灵魂，哪颗是苑晴？哪颗又是我呢？

没人知道。

早晨和窦警官通过电话，他说上午九点来酒店给我送票，我说，不用来酒店了，我去海边等你。

我不想在酒店多待一分钟，从我决定回家的那刻起，我发觉每一分钟都变得那么难熬和漫长。

深秋的大海，似乎被什么驯服了许多，不再嚣张和狂躁，海面如镜，波光粼粼。依然青翠的塔松纤尘不染，空气像被过滤了一样清新宜人。沙滩中心广场上，高高竖起的大拇指面海而翘，似在颂天、颂地，更像是在颂海、颂人。

周围到处是晨练的人们，有的打太极，有的跳舞，还有的在纵情歌唱，由于大城市空气污染，来这里的和常住这里的人显然多了起来，当然是老年人居多，他们来自四面八方，操着南腔北调，怀揣着各色各样的向往，卸掉了他们在家乡故土的重担，奔大海而来，并把这里当成了家，享受着大海慷慨无私的奉献，新鲜的海鲜，清洁的空气，悠然自得的生活方式，银滩正在逐渐成为一个移民城市。看着他们无忧无虑，无欲无求的神态，忽然感觉这样简单地活着真好，他们不懂诗可他们却在诗意地活着，他们不懂浪漫却无时不在践行着浪漫。

而我在生活的泥沼里陷得太深，至今还不知道什么时候能拥有这份坦然、安然和怡然。人们常说回头是岸，我其实一路走着一路都在回头，却始终没能得到救赎，抑或是冥顽不化的我压根儿就没想得到救赎？

站在岸边，一个念头忽然掠过，假如回去后老婆怎么都不肯原谅我，我就重回这里，劈柴打鱼，种粮种菜，写作，做个纯粹的人，面朝大海，等待春暖花开。

身后传来的爆竹声让我回首，我问身边正在晨练的老人是公司开张还是婚庆典礼？老人说，怡天的新楼盘竣工了，今天是开发商向住户交房的日子。顺着鞭炮传来的声音望去,不知道什么时候,那片豪华的楼盘被装扮得彩旗招展,门口簇拥着许多来自天南地北的人们,我遥望着那栋高高的面海而立的楼盘,遥望着那个我曾经选定过的楼层,遥望着苑晴曾陪我站立过的窗口,想着一切都已与我无缘,我转过身去。

男人总得学会知道什么时候和自己的梦想告别。

爸爸——!

爸爸——!

当听见第一声爸爸的时候,我恍惚觉得自己在做梦,这是多么熟悉的声音,我每时每刻都期待着它在我耳畔响起。我转过身去,天!我简直不敢相信自己的眼睛,我的儿子,我已经三个月没见的儿子正朝我跑来,远处,我的爱车旁,窦警官正陪着我的老婆看着我们。

将儿子抱进怀抱的瞬间,我的眼睛湿润了,我以为一切都已经背我而去。

爸爸,你怎么哭了?

我将头埋进儿子温暖的脖颈,我听见自己的话是那么的虚伪,海风太硬,吹疼了爸爸的眼睛。

爸爸你看——儿子把一只钥匙递到我的眼前。

这是什么?我问。

咱们家的钥匙,爸爸,就是那间,妈妈说,它是那栋楼里看海最好的房间。儿子的小手指向的正是那间我退掉的房子。

怎么,你和妈妈今天是来——

来领钥匙的,你不在的时候,妈妈拿你签的订单寄给了窦叔叔,是窦叔叔帮妈妈又买回了你定的房子的,昨天晚上,窦叔叔还请我们吃了大虾和螃蟹呢,爸爸,大海真好,我不想走了……

远处,窦警官朝我做了个手势,然后坐进警车离去,那意思我懂,那是只有兄弟之间才有的情分和祝福。

海滩上,我张开双臂,将老婆、儿子,将这两个世界上最爱我的,我最该珍惜的人紧紧地拥入怀中。

几天后,陪老婆和儿子游遍了乳山的山山水水,在大乳山圣母台,老婆远眺着高峡出平湖般的大海,忽然沉默了,久久未语,她目光有些迷离,我走近她,美吗?老婆的回答似空谷之声,我知道你为什么喜欢这里了。

一时间,我有些恍惚,这语调,这神态,宛若苑晴活转回来。我没有勇气继续问下去,我知道问下去的结果,我的心已经感觉到针刺般的疼痛了。

老婆旁若无人地端坐在石阶上,她的身后是大乳山高耸的乳峰,她的眼前是山脉环抱着的静如处子般的大海,我知道她此刻的心情一如我当初与苑晴登上大乳山时一样震撼,人只有身临此境方知自己的心灵已经在尘世浸泡得太久了,那种被洗礼、被宁静的感动只可意会无法言传。

远处,玩够的儿子跑向妈妈,我一把将他抱起,指着沉思中的老婆问,儿子,你看妈妈像谁?儿子环顾着圣母台上的几座雕塑,我以为他会说他妈妈像岳母刺字或者孟母三迁中的任何一位母亲,没想到儿子指着飞天女神的塑像说,爸爸,妈妈像她!我恍然,儿童的心是透明的,他们的眼睛自然不会蒙尘,再次望向老婆,夕阳的金晖照在她的脸上,怡然安详似下凡的飞天女。

我们一家三口要打道回府了。尽管,我和老婆之间还有许多问题等待解决,尽管我们以后的生活里还会遇到许多问题,但是经过了这件事情后,我和她对彼此比以往都有了更清醒的认识,我们都知道今生今世我们谁也离不开谁。我没有与老婆深谈,有时候男人的心事只可意会难以言说,我愿意相信一回心有灵犀不点也通。

老婆说，她是在网上看了一个叫“情天恨海”的女人的博客后，才决定原谅我的，那女人在博客里写了她的婚姻故事，那故事百转千回，让人肝肠寸断。老婆说，她真想去见见这个叫“情天恨海”的女人，看她历经了那么深刻的爱和背弃后，是否已脱胎换骨？抑或是执爱如初？

我内疚，只是无言地更加紧地搂紧她，心说，傻丫头，何必千山万水地去找什么“情天恨海”，你自己还不一样是故事中人吗？

车刚刚开离乳山境内，我的手机忽然响了起来，是窦警官打来的，电话里他问我，现在说话方便吗？我看了一眼坐在旁边的老婆说，说吧，从今往后，我在你嫂子面前没秘密。窦警官说，昨天，小冰的姑姑来了，那光盘不是苑晴寄给小冰的，处理小冰爸爸的车祸现场时，因为担心小冰和他妈妈无法承受现场的惨状，是他姑姑作为家属前去配合处理的，他姑姑在弟弟的遗物里发现了光盘，回去看过后没有声张，她觉得她弟弟的死全是弟媳造成的，小冰妈妈再婚的那天，为了报复弟媳她把光盘寄给了小冰，她说她只想让侄子知道真相，让那个恶毒的女人得到应有的报应，她不能让她在害死自己儿子的亲生父亲之后还能得到儿子的爱和尊重。她只想让小冰恨他的妈妈没想到小冰竟因此成了杀人凶手，她更没想到接下来的一切都超出了她的掌控。她说她愿意替小冰去服刑甚至去死，她弟弟死了，小冰是他们杜家唯一的血脉了，求我们不要断了他们杜家的香火。

唉——尽管这件事与你无关，我还是觉得告诉你合适，不会影响你和嫂子吧？

没事，你这番话我会告诉她的。问句不该问的话，小冰最坏的结果是什么？我问。

不知道。不是不想告诉你，因为这个案子牵扯到几条人命，涉及两个省，上边已经把案卷调走了，不归我们这一级公安机关管辖了。不过，一有消息我会第一时间告诉你！

谢谢！真的非常感谢！挂断电话，我摇了摇头。

车里安静极了，儿子头枕他妈的大腿酣睡着，老婆没有一如以往地刨根问底，可我还是从明显沉甸起来的空气里感觉出了如芒在背的质询，我知道她在等我解释。

我没有开口，尽管回家的路途足够遥远，足够我将过去的一切像眼前的大路一样，无论有多少岔道，都毫无遮掩地朝她铺开，让她一览无遗，可我依然觉得这不是个合适的时机，我拿不准她听后会有何种反应，前面的路途太漫长，路上的车辆太多，不适合那么沉重的话题，我该集中精力驾驶，稍有分心后果难料。

我拍了拍老婆的手，故作轻松地说，都过去了，和你和儿子在一起真好！

男人无论在外荒唐多久，只要他还想回家，总有那么一天他会像我现在一样纠结，这滋味实在不好受。

我已经打定主意，找个合适的时机对老婆全盘托出，那个时机必定是我将她拥在怀里，或者相依相偎在床上的时候。

绝非现在。

二十、雾锁人生

北京的冬天冷而无趣，雪已经很少眷顾这个城市了，倒是无边无际的雾霾不时来袭。官方首次将PM2.5列入了空气质量预报，当这个值到达一定指标时，政府就会发布橙色和红色预警，我第一次知道吸多了夹杂着PM2.5的空气也会致癌，往后今天天气真好这句挂在嘴边的客套话都会成为北京人的奢侈品了。

每逢雾霾出现的时候，我的心都会莫名地惆怅，一种末日来临，无处可逃的感觉。相对于闷热的夏天，北京的冬天也让人滋生了逃离的欲望，而春光明媚的春天和秋高气爽的秋天压根儿就像蜻蜓点水，一掠而过。

逃离已经不再是我的人生选项，我比任何人都清楚，属于我的选项除了做有担当的好男人，还应该做老婆的好丈夫、儿子的好父亲。

倒是老婆，有次雾霾的时候搂着我的脖子说，你是不是早就预料到北京会成为伦敦那样的雾都，才决定买海边的房子的？

我哪有那么先知先觉？如果我有半点儿预知未来的能力，我怎么会听凭命运将我抛来抛去，险些甩出正常的人生轨道？我无法据实回答老婆的问题，故作深沉笑笑，接下来我听见老婆说，我打算明年一开春就让爸妈带咱儿子去海边，水污染了可以喝矿泉水，食品污染了可以从国外代购，唯独空气污染了没办法，父母年纪大了，儿子年纪还小，一想到他们每天要呼吸进那么多无法代谢的PM2.5，我就会联想起毒气室，不能让他们在这里生活下去了，到时候你也跟着过去，给你们雇个保姆，你专心写作，他们好好生活，我留下给咱坚守阵地！老婆一脸舍我其谁的大无畏神情。

我知道我在老婆心里跪着的形象正在慢慢站起，四十岁的男人再不成熟就会错过收获的季节。那个话题回来后老婆一直没有再提，而我也乐得她不再提起，我觉得在这点儿上老婆是个聪明的女人，她一定懂得男人只要知错了就不必纠缠不休，给男人留自尊，自己也轻松。而我也在努力地用行动让她和儿子感受着我对他们的爱，以前我不注意的生活细节，比如，结婚纪念日、老婆和儿子的生日以及丈母娘和老丈人的生日如今都被我列成表设计成了电脑的背景墙，一开机就提醒我该去做什么，有时候看到他们的惊喜和感动，我自己也很欣慰，原来幸福可以这么容易拥有，稍加用心，俯首皆是。

雾霾的冬日，我会在自家温暖的小屋里，拉上窗帘，打开台灯，沏上一杯茶，点上一棵烟，将无边的雾霾隔绝在视线之外，在我不大而清洁的书房里，当然这清洁是老婆的功劳，坐在电脑前，把我脑子里那些精彩的情节，精辟绝妙的语言敲在屏幕上，然后，像对情人一样专注地凝视它们，默诵着它们，直到每一细微之处都挑不出瑕疵为止。

外面的寒冷与我无关，肆虐的雾霾与我无关，别以为我又重操旧业，充当了又一出烂剧的枪手，如今的我是一名作家。

再次从乳山回来，我一直犹豫着不知道自己该干什么好，老婆也没有催我，我虽然人老老实实地在家待着，心却无时无刻不在流浪。

那会儿政府正在清理雷人剧，听说孙坚拍好的几部戏都砸在手里了，好几个投资商血本无归，昔日牛×烘烘的孙坚如今成了四处躲债的丧家犬，他后海的茶馆也易主了，那不知道给他生了女儿还是儿子的女孩也不知道去了哪里。真应了那句话，出来混迟早要还的，只是他欠我的那七万块钱不知道啥时还了。

我已经厌倦了再入影视圈儿。这个圈儿集人性所有的肮脏于一统，没有一处干净的角落，演员、编剧、导演无不是跑龙套的线偶，听凭资本的摆弄和戏耍，娱乐至死。

听到莫言获得诺贝尔文学奖，不知道别人，反正我是被这巨大的冲击浪包围了，莫言的小说早在大学期间就是我们宿舍的催情剂、安眠药，怀抱着他的小说犹如姜文枕着红高粱地里巩俐的丰乳肥臀，我"爷爷"我"奶奶"的情事常常让我们梦遗，让我们想入非非。如今这些小说居然登上了世界文坛的大雅之堂，我像被开了天眼一样，发现了其实我伸手可及的世外桃源。

编剧与作家虽不是一个石槽子里的马，但并不妨碍他们互换石槽品品对方的草料，尽管作家经常是清贫和寂寞的代名词，尽管当编剧的时候我常常拿那些不屑加入编剧和影视圈里的作家取笑作乐，嘲笑他们的迂腐和故作清高，取乐他们傻得与钱为敌，我还是决定加入他们的队伍。

我承认作为男人我实在还不够强大，我是那么的容易受外界影响，看见编剧能挣钱养家糊口就当了人家的枪手，看见海景房热销就跑去了海滩，现在看见了莫言拿大奖，又做起了作家梦，别说老婆质疑的眼神了，我心里其实也没底。

静下心来写作，才知道在这个世界迂腐些可以活得简单，傻些可以活得轻松，到处都在讲幸福指数，对于我最大的幸福莫过于自己想怎么写就怎么写，而不是人家让怎么写就怎么写，我决定先写几个短篇和中篇练练手。

写好了几个短篇和中篇小说，我满怀信心地投给了那些文学杂志，那些天我像傻老婆等汉子一样，天天盯着手机和邮箱，生怕错过编辑们的回复，没想到我的小说肉包子打狗有去无回，石子掉进水里还能听个响呢,我的稿子却泥牛入海了。我自觉写得不错,可为什么没有一个编辑看中呢?

出师不利。不过这一次老婆没有事前打击我,而是放了一个致我于死地的马后炮。

老婆看着一筹莫展的我说,你以为写得好就一定会有人给你发表?你知不知道现在的刊物都在苟延残喘地活着?他们为了那点儿可怜的发行量,来回来去地炒那些名家和青春魔幻派的剩饭,没胆量发你们这些新手的稿子,而且一年就那么几期,主编照顾俩,副主编照顾俩,编辑们再有自己的看稿取向,固定的约稿圈子,轮到你黄花菜都凉了。再说了,你也不看看现在还有谁在看书?看看作家富豪榜谁排得上号?做买卖都得找好市场定位,你写什么给谁写不得先确定好了再动笔吗?现在做什么不讲究产出比呀?

我知道老婆的意思,可那不正是我逃离影视圈的原因吗?写作得和市场挂钩,得和效益挂钩,难道文坛真的没有一方净土了吗?不写玄幻不写盗墓真的就没出路了吗?

我明白老婆的言外之意,她其实一直希望我重回影视圈,她不赞成我改弦更张,她希望我改邪归正,重整旗鼓,在哪儿跌倒的在哪儿爬起来。她不止一次地在我耳边鼓噪,那个谁谁现在当导演了,以前不就是和你一起当编剧的吗?还有那个谁谁当制片了,他以前写的剧本哪儿如你呀?可她不明白运气这个东西可遇不可求,我不想重回影视圈,是不想继续考验我的意志力,谁见过戒毒的人天天混在毒品圈里戒除毒瘾的?钢铁炼过了头就化成水了。老婆喜欢看眼前利益,写剧本来钱快,轻车熟路,可她不知道越是轻车熟路越容易车毁人亡。

我决定罢手中短篇写作,没人给我发表不能证明我写得不好,我要以自己的经历写一部有关男人成长的小说,我不信没有读者,我不信所有的人都想在财富的羊肠小道上一条道跑到黑,不喘口气不等等灵魂。

人得相信自己，尤其是男人，没有自信永远不可能成熟，我觉得经历了那么多我应该成熟了，我要写一部鸿篇巨制，证明给老婆看，证明给自己看，更重要的是将来证明给儿子看，他老爸我不是废物。

霓来电话的时候，我的小说正写到我与她坐在西藏的那种叫藏羚羊的长途汽车上朝世界屋脊的阿里奔驰，那会儿车上的酥油味混杂着藏人的体味，加上219国道的搓板路让霓连胆汁都吐出来了，霓看着捧在我手掌里的污物泪流满面地问我，她还能活着看见岗仁波齐吗？我把她搂进怀里说，能，就是死我也陪你一起死在岗仁波齐。岗仁波齐是神山，藏传佛教、印度教都说它是大千世界的中心，在我和霓的心里那里也是诗歌的圣地。

当然我不说，你也知道霓是谁，她是我的初恋女友，那个和我一道将诗歌从大道吟唱到小径最终进入绝境的，后又弃我而去的女孩，我至今不肯称她为女人是因为在我心里她一直是个女孩，其实每个男人心中都有自己的玛丽莲·梦露，她定格在人生最璀璨的瞬间，如天使如女神，不沾人间烟火。

我从没想到她还会复活。

霓在电话里约我在星巴克见面，我问她有什么事吗？霓说没事就不能叙叙旧吗？我沉思了片刻，决定撂下笔去赴约，我需要知道霓找我的目的，男人总得学会善自己的后，倘若往后霓的那根儿诗人的神经不用在诗上不用在她那暴发户老公身上，专门用来骚扰我，我可不想再次搞乱我刚安定下来的生活，伤不起。

缘分这东西有时候还真说不清楚，我不知道为什么我刚写到初恋，久无音信的霓就突然冒了出来，莫非我与她的情缘未断？孽缘未了？

过来人常说千万不要事隔多年再见初恋的情人，因为你得到的只有失望。尽管一路上我做好了心理准备，再次见到霓我还是有种什么东西被打碎的感觉，霓浑身上下给我的印象就两个字——奢华，那种我印象里的清纯不知被她还是岁月给一键删除了。

霓知道我的口味，给我点了一杯超大的冰拿铁，她则点了一杯焦糖玛琪朵，我问你不是喜欢摩卡吗？什么时候换口味了？霓说，离开你以后。

霓意味深长地看着我，我明白她的潜台词，焦糖玛琪朵要在香浓的热牛奶上加入浓缩咖啡、香草，最后淋上纯正的焦糖，它能让人在一杯饮品里喝到三种不同的口味，它的英文是Caramel Macchiato，Macchiato是意大利文，意思是“烙印”，中文音译成“玛琪朵”，Caramel是焦糖，合在一起意为“甜蜜的印记”。

莫非霓离开我后悔了？我有些飘飘然，不知道别人，反正我一得意的时候腰就会自然放松，二郎腿也会不由自主地抖动，接下来霓的话让我的身体收紧，我打量着眼前这个熟悉的陌生人，不相信那些话真的出自她口。

霓说我一直都没离开过她的视线，我结婚生子，当枪手，闹绯闻，一直到现在赋闲在家，她都一清二楚。霓说我知道你吃了不少苦。我说，幸亏你有远见，你今天来不是可怜我来的吧？我不缺钱。霓说你还那么刻薄。我说你忘了我属什么的了吗？我们俩在一起好的时候，霓的口头禅老骂我狗改不了吃屎。霓没有反驳我，继续说我过得也很落寞，老公整天东奔西跑，忙生意忙情人，扔她一人独守亚运村三百平方米豪宅像囚犯，我说那你今天是来寻求搭救的？那你也找错人了，你看我这屄样哪儿像英雄呀？手无缚鸡之力，身无救美之魄。霓说我跟你没必要绕来绕去，我就直说了吧，你没事过来陪陪我，当然，我，也不会让你白陪，肯定会比你挣稿费容易，人生这么无趣，咱们不如抱团取暖，各取所需吧，我想找情人招之即来，但是和谁在一起都没有和你在一起的感觉，当年去西藏，219国道上你一路抱着我——我打断她，别提搓板路好吗？从今往后，你的搓板路你走，我的搓板路我走，焦糖玛琪朵已经让你品了三种味道了，没必要再多加一种了吧？人活一辈子也就五种味道，酸甜苦辣咸，你都要挨个尝一遍吗？那你尽可以找别人陪你一起品，我不够资格也没有兴趣奉陪！临走，我捏起碟中的一块方糖放进她的杯中说，你要还念及过去的情意，就把我当一个屁放了吧，千万别把我当你杯中的一块糖！

离开星巴克的时候，不用回头我就知道霓在饮泣。开车行驶在北京灰蒙蒙、车流永远川流不息的大街上，我觉得雾锁的不仅仅是京城，还有和我一样奔波着的芸芸众生。

我抹去了奔涌而出的泪水，我曾经设想过多种爱情结局，只有这种没在我的设想之列。

二十一、未谋而杀

见过霓之后，我发现我开始变得波澜不惊了，大事小情再不会让我惊慌失措、手忙脚乱，可能男人成熟起来都要经过那个顾头顾不了腚的时期。

那是个毫无任何征兆的下午，睡过午觉的我，端着那个被老婆戏称为“巨无霸”的至少可以灌进两升茶水的杯子，一如以往地坐在了电脑前，开机，开始下午的写作。

不知道为什么，电脑上出现的不再是我熟悉的“瘟都死”界面，而是不间断的乱码，我感觉它们就像“潘多拉盒子”里跑出的精灵，蚕食着我电脑各个部位，瞬间让它们失常，瘫痪成不折不扣的“死鸡”，幸亏我提前做了备份。

给精通电脑的朋友打了电话，约好了修理的时间，百无聊赖，我来到了老婆的书桌前，打开了她的电脑。说实话，我很少打开老婆的电脑，我觉得老婆的电脑就如同她的手包和手机，不经她允许擅自闯入，总觉得不够绅士之范儿。

如果，我能知道后来的一切，那个下午我宁愿荒废掉，宁愿看着雾霾里无光无色的太阳做我的白日梦，也不打开老婆的电脑，可有时，该来的错不过去。

不知道你是否记得我老婆说过的那句话，她是因为看了一个叫“情天恨海”的女人的博客，才决定原谅我的，我记得但是并没有放进心里，我曾无数次地看到过老婆因为韩剧里那些虚构的情节而流泪，觉得她无非是在网络里又遭遇了这种虚构而已。

那个“情天恨海”的博客弹出来的时候，我并不以为然，它挂在老婆电脑的收藏夹里，它的界面没有任何修饰，如果不是因为老婆和我提起过，我根本无意打开它，我不知道怎样形容那一刻，潘多拉打开宙斯让她送给心爱的男人的盒子时也不过如此。

那开头两句话犹如子弹击中了我——

我知道你会来，我知道这一天迟早会来，我在这里等你，这些话我不能说给睡在枕侧的你，我无法启齿，尽管我曾无数次下决心，又无数次在开口的瞬间闭住了嘴巴。

我原以为，今生这些话我是没机会没勇气说出口了，它们必将和我的肉体一同衰老，一同腐朽成火葬场的一缕青烟。而我多么希望它们能和我化为青烟的肉体一样，飘落回地面，像去滋养绿树、鲜花，或者一束杂草那般去慰藉一颗颗受伤的难以自愈的心灵。

（矫情。生活里我见多了这种文艺腔的女人，她们以为生活就应该是诗，是散文，殊不知意境这玩意儿其实等同于意淫。）

注：以下所有带括号部分均是我的评语，无论看谁的文章，我已经习惯这样与作者交流。

在我有生之年，我庆幸遇到了网络，它给我这样一个泄洪口，让我毫无顾忌地将心底的狂涛巨浪揭盖而起，冲破灵魂的樊篱，淹没我的青葱岁月，滚滚而去，淹没希望、忠诚、信念和你我的爱情，如果那就是爱情的话。

（这时候博客的背景音乐忽然响起，那旋律时而是清晨的鸟鸣，时而是暗夜里呢喃，与博客上的文章荒腔走板，我试图关掉音乐，将声音调制到了静音。这样的文字不适合那优雅的音乐，它们太硬，几乎不带一丝温情。）

知道你背叛我的时候，我才真正知道了什么叫摧枯拉朽，我相信许多成语的表面意义很早就被我们熟知，但不是每个人都能体会到那表面意义之后的内涵的，而一旦我们深切地感受这个词的力度时，往往我们正遭遇着灭顶之灾。

这一年，我刚好过了三十二岁。一个女人的三十二岁就像一片富饶的园林，它们被打理得错落有致，长得最高的树是爱情，附在它荫下的是子女、附在它侧畔的是父母，点缀这一切的是希望的花朵、信念的枝叶。我以为我的一生就该如此下去，风和日丽，繁花似锦。

那个毫无征兆的晚上，你喝醉回来，我一如以往地扶你回到卧室，尽管我强烈地反对你喝酒，尤其是酗酒，但是我理解你如同理解所有的男人，你们需要酒精、需要被酒精麻醉后的酣畅，需要这黑暗中片刻的酣畅来佐证你们的雄性，以忘却白日里夹着尾巴做人的时光。

你躺倒在床上的那一刻，你口袋里的手机滑落掉地上，我安顿好你，捡起你的手机，我们之间是有默契的，互不侵犯对方的隐私，我从来不曾擅自打开你的手机，而那一刻我不知道是什么驱使我按开了你的短信，然后，那些表意温馨表意情感的字词就像一颗颗子弹飞出了枪膛——宝贝、亲爱的，我无法知道你被它们击中时的感觉，我也无法形容自己被这已经陌生的字词击中后的感觉，我能够看见的是雨后的园林，鲜花如泥、落叶如泥，如泥的还有我狂跳、愤怒过的心。

（我也曾多次酒醉晚归，我老婆也曾无数次这样打理过我，我的手机老婆平日里从来不曾染指，这段文字让我的脊背有些发凉，我记得那些急于上位的女演员们也曾这样称呼过我，即使我知道这不过是她们生活场景里的一句台词，但是从那些灿若桃花的年轻女人嘴中说出，我还是有种自欺欺人般的满足。）

我试图扑向烂醉如泥的你，你怎么可以背叛我们的婚姻后还能一如既往地安睡在我的侧畔？我试图撕烂那张看似无辜的嘴脸，它怎么可以每天亲吻过我之外的女人后依然毫无愧色地面对我？

然而我什么都没有做，我知道这么做的结果我无法接受，我需要时间，需要时间知道自己是速战速决接受婚姻的终结，还是需要一副面具，慢刀子割肉以适应漫长的人生。

我的性格决定我选择了后者。

（这一点儿不像我老婆，她是个直筒子，在我面前从来没有秘密，这一点儿也是我之所以娶她的原因，我不喜欢城府深的女人，她们让我累心。这是别人的故事，与我无关，我的心略微舒展些。）

选择了后者的我没有歇斯底里，我知道歇斯底里救不了我们的婚姻，也无法将我从泥沼里拖出。我转向了身边的人，转向了那些和我一样遭遇的女人，我需要从她们身上学些什么，以明白因为什么你离开了我？以明白我是否也该离你而去？

很傻的是，我一无所获，我看见的无一不是张牙舞爪的女斗士，她们举着“秦香莲”的大旗将“陈世美”们逼到了墙角，哗哗作响的是坍塌的家园，坍塌的人生，赢得了片刻胜利的“秦香莲”们没过多久，一个个又变成了怨妇，好像全天下的人都对不起她们，她们不幸福也连累了无辜的孩子们。我不想做这样的女人，这不是我要的结局。

改变我生命轨迹的是一本书——《享受无爱的激情》，我第一次被书里的故事震撼了，一对素昧平生的男女怎么可以没有爱情而上床？如果男人是动物本能，那么女人呢？要怎样的修炼才能如此的打开自己？打开后的女人又该如何闭合？才能忘却身心流浪的岁月？

如果一株树不能成为风景，谁又能拒绝一片森林的诱惑？亦抑是女人只有见识了森林的景色，才会具有独守一株树的心安神宁？

我混沌了，我找不到答案。

有人说，男人出轨往往是因为“博爱”，而女人出轨大多是因为“不爱”，我不知道我还爱不爱你，我能感觉到的只有愤怒，找不到答案的我决定改变下活法，我不再每天家一单位一家，三点一线地循规蹈矩，我也像那些我曾经不屑的女人那样，开始出入我从未出入过的场所，酒吧、舞厅，还有那些高档会所，开始了我称之为“买醉”的经历。

我不想赘述我认识他们的过程，毫无浪漫可言，我发现无论年长年幼，男人们的眼睛早已经退却了公孔雀开屏的熠熠之彩，只剩下了公狼的饥饿和急不可耐，他们对女人的心灵毫无兴趣，唯一感兴趣的是如何占有她的身体，他们即便拥有了爱情，还念念不忘货比三家。

我看着他们那些远比不上公孔雀的拙劣演技，想象着你的样子，我发现一切不像我设想的那样艰难，我感觉无非是躺在一片废墟上，再次承受一场污风秽雨的摧残而已，只是第一次被一个你之外的男人触碰过后，我还是哭了。

（我的后背又有些发凉，什么样的女人居然可以这样理性地出轨？如果是意乱情迷也许还有幡然醒悟的时候，女人如果冷到如此地步，还有什么能让她回头是岸呢？）

我把与我一夜之交的男人分了三类，一类是第一次邂逅今生再不想第二次见面的男人，他们乏味得表里如一，或者金玉其外，这类男人俯首皆是。另一类虽然你知道他不是你的梦中所求，但是和他在一起你会感受到快乐、轻松，无聊的时候你会时不时地想起他，如同酒吧买醉，他们是你生活的鸦片，片刻的兴奋过后等待你的是长久的消沉和颓靡。第三类的男人，他们随时都会让你眼前一亮，你和他相处会有旧日光阴再现的梦幻抑或来日方长的期待，你的心中永远如小鹿般乱撞，少女般羞怯，这样的男人少之又少，女人遇到他们，往往船还未出航就已折戟在浅滩。

而这正是当年我与你相爱的感觉。

我得承认，尽管我的思想先于我的身体解除了禁锢，我开始与你之外的男人交往时，依然处于被动地步，在经历过几个乏味的男人之后，我的灵魂在他们身上没有得到一丝的满足，相反我对自己的身体倒生出了厌倦之感。我发觉我在你身上没能得到的东西在别的男人身上同样得不到，我对男人的失望从来没有如此强烈过，我眼前的男人除了包裹他们的衣服不同外，本质大同小异。直到我遇见A。

我把他命名为A，是因为他本身足有一米八，还有在我与之有过一夜之交的BCDE诸多男人中，他在学识和品位上无疑都是一个峰值。

偶遇他不能不说是我买醉岁月中的一个奇迹。那天，你打电话说你晚上要和几家投资方见面，没等你说完，我就挂断了电话，我知道你和那些所谓的投资方见面总在晚间进行，而且大都会进行到天明，每次回家后的你疲惫从里到外，甚至连一句话都不想多说，做出一副为这个家你付出最多的样子。可你不知道我每次从你的眼神里看出的不是疲惫，而是慌张，尽管那慌张被你掩饰得深藏不露，深藏不露的还有一丝歉疚，可是我太熟悉它了，那是你我在偷吃禁果时你的表情，没有女人会忘记把自己交给生命里第一个男人时，该男人那刻的表情。

我把自己打扮好，走出家门的时候，万念俱灰。尽管我知道只要打开手机，随便给哪个一夜之交的男人拨通电话，他们都会像你一样找到合适的借口走出家门或者不进家门，但是我真的有些厌倦了，没有一个女人肯长久地放任内心与身体不在一起的。可是我无法排解我的孤独，更无法停止我对你和那些与你鬼混的女人的嫉妒和仇恨，我需要鸦片，需要镇痛剂。

我走在繁华的步行街上，掏出手机，就在我拨通一个刚熟悉起来的号码时，我的手机被一个男人的臂肘一下子碰落在地上，很不争气地碎裂开来。然后我看见一个高大的身影蹲下身去，捡起它，一脸愧疚地举到我眼前，妹子，不好意思，我不是故意的。

妹子？在这繁华的纸醉金迷的大都市，我简直以为自己来到了外太空。不会遇到了一个进大观园的刘姥姥似的乡巴佬吧？可他的样子看上去没一点乡巴佬的样子，儒儒雅雅的，干吗要装出这样一副傻瓜样？我没有做声，接过手机想努力地把它拼接好，而这一刻，原本短路的信号忽然通了，我听见了那个应招男人的声音，你在哪儿？怎么打通电话不说话了？

我支吾着继续往前走，完全忘却了身边的那个男人。我听见自己小声地说，真倒霉，手机被人家撞掉了，你现在有时间吗？我在——很久没听见对方的回答，我有些生气，声音也不由得提高了几度，哎，你倒是说话啊？

一只手从我手里拿过手机，是那个撞坏我手机我以为已经转身走了的男人，妹子，别喊了，手机没信号了。都怪我，这么着吧，你先用我的手机给你朋友打电话，然后，我陪你去买个新手机。

这个男人说着，不等我同意，径自打开我的手机后盖，取出卡，插进他的手机里，这款手机和机主一样有气势，是新型的商务手机，足有男人一巴掌那么大，他把手机递给我，我瞪着眼睛看他，没有接。他问，怎么不打啊？

我没好气地说，打什么打？我不记得他的号码！

男人诧异地问，不都在卡上吗？叫什么我给你查。

没人知道，连你也不知道，我将那些带星号标记的号码一概都没有存在卡上，而是存在了机子上，我要将它们与那些生活里我可以直接面对的人们的号码区别开来，我不想让它们随时侵入我的生活。

（我老婆是不是也是这样？也许我该关注下了。）

当然这一切我怎么开口和一个陌生的男人解释？我要回我的卡，装回破碎的手机，我朝他挥挥手，算我倒霉，你走吧。我已经如此倒霉了，干吗还要和另一个倒霉的人过不去呢。依照常理，我目前的状态应该和他不依不饶才对，生活里我见过许多类似的人，他们被生活和境遇挤压得犹如一只毫无缝隙的炸药桶，稍遇到外力一点火星，就会爆炸，不把别人炸得粉身碎骨也把自己炸得灰头土脸，我不想做炸药桶，我在自己的灵魂面前已经赤身裸体了，不想再在大街上做回泼妇。

自从知道你背叛了我们的爱情之后，我的思维已经不习惯按照常理出牌了。其实那一闪念是在我转身的瞬间在我脑海乍现的，何不逗逗这个表里不一的男人？你曾带我去郊外垂钓过，你曾说过鱼儿上钩的瞬间最让你心痒，而我此刻分明看见了一尾大鱼朝我游来，尽管这条本是驰骋江河的大鱼却披着一副池塘鲫鱼的外衣，以为叫我几声妹子，我就不会与他过分计较。

妹子，要不，我给你钱，你自己去买一款自己喜欢的机子？男人还在尾随着我，不知所措的声音像个乞丐。

我停下脚步，打量着他，你贱不贱啊？不赔钱你会死啊？

男人惊愕地看着我，我扬长而去，径直走进附近的一家电器行。

我以为我与A已经成为过去式，他在我心里不会再泛起任何涟漪，也许他此刻正在窃喜，略施雕虫小技就摆脱了我，也许我于他顶多成为茶余饭后的笑料，我曾经遇见过这样一个傻瓜女人……

跟随了我两年的手机结束了它的使命，其实这款手机早就该淘汰了，它的电池笨拙沉重，唯一的好处就是待机时间长，你也曾不止一次地劝我扔掉它，换个新款，我这个人有个毛病，手使的电器只要一上手使熟，无论大小都不喜欢更换新的，尤其不喜欢功能复杂的，是典型的喜旧厌新，可能这一点也是你离开我的原因之一吧？

（对了，我老婆的手机也有这个毛病，哪天得给她换个新手机了，等着别人越俎代庖保不齐会赔了夫人又折兵。）

购机大厅，当我把卡插进手机的瞬间，音乐忽然响了起来，我诧异地看着服务生，服务生指着我的手机说，您有来电。

我按键接通，妹子是你吗？

那一刻，我知道我成功了。钓鱼的过程是一种享受，尤其是你发觉咬钩的是你从未碰到过的一条大鱼时，在提上岸之前，你摇摆着渔竿在水里遛它，看它逐渐精疲力竭的样子，你知道它迟早会成为你的囊中之物，我相信那就是男人偷腥时的感受，我知道为什么那么多人钓鱼上瘾了。

接下来的是，买好手机的我走出商场门口，直接坐上了他的奔驰CLK，朝京郊一所镶嵌着亚麻色不对称外墙砖的别墅奔驰而去。

事后，A说我是个城府很深的女人，知道怎样吊男人的胃口。我说，你抬举我了，如果我有那么多心计，怎么老公去别的女人那里投怀送抱？A说，那就是你天资聪颖，怎样跌倒的知道怎样爬起来。我反问他，你这样训练过多少女人？是首轮淘汰制还是PK制？

妹子，我在你眼里真那么坏吗？他问我。

我说就冲你一口一个妹子就证明你坏得不一般。

哦？说说看。他饶有兴趣地凝视着我的乳房，用他那略长而白皙的手指拨弄着，他那专注的神情，那一刻让我回想起当年的你，你也曾这样痴迷过我的乳房，你说它充满弹性和诱惑，握住它有种重回母亲怀抱的安然和惬意。我有种昨日时光重现的恍惚。

我说，什么事说破了就没意思了，心知肚明最好。

他嘿嘿地笑着，下地穿衣，对我说，妹子我喜欢你，不缠磨人！走吧，我送你回家。

我回到家的时候，你还没有回家。打开灯看着空荡荡的屋子，我忽然觉得这不是家，其实只是个睡觉的地方。深夜，听见你开门的声音，我听见了我内心发出了一声冷笑，又一个宿客回来了。那一刻，郁结在我心头的愤怒像一个曾经坚固的堡垒忽然坍塌了，我的内心出奇的平静，我真想告诉你我那时的感受，我们扯平了。

我记得有人说，婚姻是座网球场，夫妻挥拍相向，球来球往，相互制衡，正规的网球场应该有铁丝网，好阻挡球不乱飞，否则再多的球迟早也会打光。

而我们的婚姻此刻已经成了没有铁丝网的球场，我们不但打光了手中的球，还输掉了彼此。以前我曾无数次地和你抱怨，这几十平方米的家太狭小逼仄，有条件我们应该换间大一些的房，现在我却感觉这房子正在变成一座空旷的球场，我不知道家徒四壁的感觉，但我却深谙心徒四壁的滋味。

人生是一场爱的流水席，通常男人饕餮，女人埋单。

（是吗？好像没那么绝对，通常男人埋单的时候不会声张，所以索赔的才多是女人。）

可以告诉你的是，遇见A以后，我无心再去招惹其他男人，他们就像划过夜空的流星，在我的记忆里多多少少留一道浅痕罢了，既然知道了梨子的滋味就没必要每个都亲口尝一尝了，这一点上，男人可能与女人不同，他们享受的不是梨子本身的滋味，而是偷吃的过程。有一次事后A这样告诉我，那一刻，对你的恨我忽然释怀。可以告诉你的是，我从不沾惹身边的男人，我不想让他们扰乱我的生活，我要掌握主动，等我收腿的时候，保证不拖泥带水。

（这是我的做事风格，这些年来，我一直致力于不因为一夜情影响我的家庭，莫非女人们也习惯如此？）

我与A的关系亲而不密，紧而不张。A常常握着我的手说，妹子，你让我很舒服，我这一生幸亏遇见了你，不然，我现在可能还在其他女人身上浪费着时间、精力和钱财,这个世界上没有一个女人像你,对我毫无所求,包括我的老婆。

我心说,我要的你不能给我,这世界没有一个男人能给我,包括我的老公。既然知道得不到,我何必张口又何必伸手?自讨没趣?

我这么想的时候,忽然想我与你之所以同床异梦、貌合神离的原因,是不是也是我索取太多,致使你走向了别的女人?倘若,一味地付出会不会让你更快地离开,如同逃出樊笼的鸟儿冲向更广阔的蓝天?抑或是男人本身就是见异思迁的动物,喜新厌旧天性使然?

有一次A给我读了这样一条短信,爱情的追逐和浪漫通常是一场戏,男人是导演,女人是观众,当女人沉浸在剧情中不能自拔时,正是男人想尽快收尾杀青的时候,一想到要不断变着花样讨好一个观众,而这个观众还像一块嚼过吐掉的口香糖黏在身上,男人就会畏惧,他宁愿转场,换个观众老调重弹,也不愿留恋那块嚼过的口香糖。

我不知道我是不是他口中正在嚼着的口香糖,我同样不知道他这一生嚼过了多少块这样的口香糖。麻醉在A的怀抱,尽管我知道那不是我的栖心之所,但却是我抵御你伤害我的避雨之地,当然我更知道不止是我一个女人的避雨之地,那又有什么呢?我老公不也做着其他女人的护花使者吗?我只是在他那里小歇而已,我知道我总有一天会抽身而去的,只不过我现在还不知道什么值得我飞身而奔?

所有的问题都无解,与A交往的时间一长,我发现自己已不再纠缠在自寻烦恼之中,婚姻中的男人决定出轨前一定权衡过利弊得失,能否回归家庭不会以妻子的意志决定,一个离心已定的男人,妻子即使用尽所有捍卫婚姻的必杀技也会无功而返,反倒会让自己遍体鳞伤，那些只是偶尔玩心大发的男人，女人得知道好玩是男人的天性，你得有耐心，他玩够了自然知道回家，如果你无法忍受落单的寂寞，你完全没必要禁锢自己，你得学会比他玩得更好。A说，这个世界上贪玩的男人很多，你不会倒霉到遇不见更好的更适合你的玩伴，他们或许就在你身边，或许就是一次不期而遇的邂逅，你没有发现他们是因为你一直戴着那个叫爱情的眼罩，生活其实就是一场游戏，玩得精彩不精彩取决于自己。

你没有感觉到我们近日相处得越来越融洽了吗？知道为什么吗？女人的心智因为丈夫而成长，因为情人而成熟，女人生命里只有丈夫一个男人，就像未长开的苞蕾，尽管有些神秘，但总感觉青涩拘谨，而有了情人的女人会像怒放的鲜花，开得灿烂妖娆、风情万种，好情人是女人长开的速成班。有时，我真想冲动地告诉你我的这些感受，但是我知道还不到能说的时候。我还有许多没有搞明白的事情，包括男人的，女人的，自己的。

现在，我们的生活趋于平静，我心底那些因你背叛我们的婚姻而起的波澜，又因为背叛了自己的内心而归于风平浪静。我不知道这样的我们能走多远，更不知道会走向哪里？就像我同样不知道与A会走向哪里一样。

唯有如此我们才会相安无事。

我把我与你想说的话，与他所做的事逐一记在这里，我在等一个时机，那个时机一定是爱情和男人不能主宰我的时候，我会一一告诉你，这个蝉蜕的过程对于一个我这样的女人是多么的疼痛而又多么的必要。

以前的我习惯于将爱情置于生活和生命之上，在我的人生准则里，爱情、性、婚姻如同儿时的三块积木，那么多年传统道德的浸淫，在我心里它们只有成为一个整体，才能搭建出幸福的人生。而今，命运之手将它们打回了原型，我知道再将它们组合在一起已经毫无意义，今后的日子我得学会如何将它们各归其位、各司其职了。

A说，在一个成熟的男人心里，它们从来都不是一个整体，将它们拼接在一起、捆绑在一起只是女人的一厢情愿。

（看到这里，朋友，我险些跳起来，将爱情、性、婚姻各归其位一直是我的行为准则，从没有想到它一旦成为女人的行为准则后家庭会是怎样一副面孔？男人不怕女人懵懂，就怕女人什么都懂甚至比自己还懂，更怕的是女人身后还有一个比你更狡猾更老到的男人做她导师。）

电话响的时候，我还沉浸在这篇博客之中，电话是老婆打来的，不知道为什么，今天她的声音格外刺耳，欢快而轻佻，老公，我今晚不回家吃了，单位有事，你自己搞点儿饭吧。

我心底涌起一股莫名其妙的狂躁，你们单位怎么回事？哪儿那么多事？天天加班？

有事就是有事啊！你怎么了？有什么事吗？老婆在电话那头压低了声音。

我是怎么了？我摇摇头，知道自己被那个博客带入了一种角色里，冷静下来，我缓和了语气，没事，你忙吧，忙完，早点儿回家！

放下电话的时候，我瞥见桌角儿有一块正在充电的手机电池，绿灯显示电已经充满，准是老婆昨晚充的今早忘记拔掉了，我顺手拔掉电源，忽然我愣住了，眼前的这块电池显然不是老婆以前那款手机的，它薄、轻，掂在手里毫无分量，我记得以前老婆曾不止一次地抱怨她手机电池的笨拙，什么时候她更换了新款式手机？我忽然有种房顶要塌下来的感觉，心口莫名其妙地一阵憋闷，我拨通了老婆的手机，接通的瞬间我又按断了，我发现我无法开口，我心里太多的疑问，无论老婆怎样回答，我都会质疑答案的真实性，而我目前为止还未想好接下来的一切该怎样应对。

也许，答案早在我背叛婚姻的时候就已经静静地等候在今天了，只是我自欺欺人，不敢直视而已。

那一刻，一种从未有过的感觉袭击了我，我与老婆之间的信任就像9·11时美国的双子大厦正坍塌成一地瓦砾，我不知道我的出轨当时带给老婆的冲击波有多惨烈，是不是亦如此刻的我惊心动魄、惨不忍睹？这些年来我刻意回避着，不肯正视，现在到了该面对的时候了，不管结局如何，我都得对她有个交代。

我一分钟也不想在房子里多待，抄起车钥匙，冲出家门，我心里只有一个念头，我要去找老婆，不管她在哪儿，不管等她多久，不管那个“情天恨海”是谁，我都要和她一起回家。

大街上，熙熙攘攘的红男绿女行走在雾霾里，他们无一不穿着光鲜靓丽，衣冠楚楚，个个道貌岸然、正人君子着，我瞧不清他们的面容，可感觉他们个个都是我眼中的熟客，昔日的自己，昔日的霓，昔日的苑晴、博客里的“情天恨海”和走得越来越远的老婆……

那些端庄美丽的女人们是谁的妻子又是谁的情妇？那些气定神闲的男人们是谁的丈夫又是谁的情夫？

有人说这世界上有两种东西不能直视，一个是太阳，另一个是人心。

如今，太阳偶尔可以直视了，因为时常会有雾霾，那个像鹅蛋黄般虚假的太阳不再耀眼，人类眼中的尘世因此变得阴暗而沉沦。

那么蒙尘的人心呢？人们不肯直视不愿直视是因为害怕绝望吗？

作为作家，我有勇气直面自己隐匿的内心吗？我有能力参透芸芸众生善变的人心吗？如果不能我能在作家这条路上走多远？

作为男人，我有把握理清爱情、婚姻、信任、责任这堆时常缠绕在一起的乱麻吗，如果不能我又如何从容地行走在人生的大道上？

周濂有本书叫作《你永远都无法叫醒一个装睡的人》,我问自己,我是他说的那个装睡的人吗？我可以永远的装睡下去吗？

我茫然地朝前开着，隐约看见一个老人着急地挥舞着手,不知道他在喊什么,车前恍惚飞奔过一个影子,我下意识地踩住刹车,大脑瞬间一片空白。

一只流浪狗在我的车轮下抽搐。

我不敢直视它垂死的眼神。

雾霾让地上的鲜血看上去是那么的不真实。

一只狗因我而死,而我从未想伤害它。